C O L L E C T I O N
LECTURE FACILE

GRAND

BONHEUR
DES DAMES

ÉMILE ZOLA

Adapté par
JACQUELINE MIRANDE

Collection dirigée par
ISABELLE JAN

HACHETTE
58, rue Jean Bleuzen
92170 Vanves

Crédits photographiques : p. 5, photo Eugène Pirou, archives Larousse-Giraudon ; pour toutes les autres illustrations, Kharbine-Tapabor.

Couverture : Agata Miziewicz ; illustration : J.-J. Tissot, *la Demoiselle de magasin,* Edimedia.

Conception graphique : Agata Miziewicz.

Composition et maquette : Joseph Dorly éditions.

Iconographie : Christine de Bissy.

ISBN : 2-01-020317-8

Sommaire

NOTE : les mots accompagnés d'un * dans le texte sont expliqués dans « Mots et expressions », en page 95.

Les illustrations de cet ouvrage proviennent de la Bibliothèque historique de la Ville de Paris.

L'auteur et son œuvre

Émile Zola est né à Paris le 2 avril 1840. Son père était un ingénieur d'origine italienne. La famille s'installe bientôt dans le Midi de la France, à Aix-en-Provence. Émile devient camarade de collège de Paul Cézanne. Ils resteront amis jusqu'à la parution de *l'Œuvre* (1886), roman où Cézanne s'est reconnu dans le personnage du peintre impuissant. Le jeune Zola ne parvient pas à obtenir son examen de fin d'études secondaires. Il entre à la librairie Hachette et devient chef de publicité.

Le journaliste. Zola fait la connaissance du milieu littéraire parisien et commence à se faire connaître comme journaliste. Un de ses premiers romans, *Thérèse Raquin* (1867), lui apporte le succès et le scandale. Le public n'est pas habitué à une littérature d'un réalisme aussi violent.

Son activité de journaliste est importante. Zola écrit dans la presse républicaine, il dénonce l'injustice sociale et, comme intellectuel, participe ainsi à la chute de Napoléon III. Mais il est surtout critique d'art et défend les peintres impressionnistes.

L'écrivain du naturalisme. Vers 1868, il a l'idée d'un cycle romanesque : *les Rougon-Macquart, histoire naturelle et sociale d'une famille sous le second Empire.* Il veut observer la vie psychologique et sociale de ses personnages comme le ferait un scientifique : c'est le naturalisme, dont il est le plus important représentant. L'immense entreprise des Rougon-Macquart va l'occuper un quart de siècle, de 1871 à 1893.

Au Bonheur des Dames (1883) appartient à ce cycle. Zola devient un écrivain célèbre, aussi adoré que détesté.

L'affaire Dreyfus. Il passe la fin de sa vie à défendre le capitaine Dreyfus, officier de l'armée française, injustement accusé de trahison. Dans *l'Aurore*, journal de Georges Clemenceau, il publie une lettre intitulée *J'accuse !* qui va lancer l'Affaire. Deux fois condamné au cours du premier et du second procès Dreyfus, Zola continue à se battre pour la réhabilitation du capitaine. Dans la nuit du 28 septembre 1902, il meurt dans son appartement asphyxié par le gaz. Accident ou acte criminel ? On ne le saura jamais.

L'œuvre de Zola a inspiré des cinéastes de tous pays. Les films tirés de ses romans sont innombrables. Il a inspiré Jean Renoir, Luis Buñuel, René Clément… Et aujourd'hui ses œuvres sont très souvent adaptées pour la télévision.

Repères

Le héros, Octave Mouret, appartient à la partie Rougon de l'immense famille des Rougon-Macquart. On dit volontiers : les forts Rougon et les faibles Macquart. En effet, Octave Mouret est un homme puissant et riche. *Au Bonheur des Dames* raconte une double histoire : celle d'un amour entre une petite employée, Denise, et son redoutable patron ; et celle de la création, à Paris, dans le nouveau quartier de l'Opéra, d'un grand magasin.

Sous le second Empire, la France fait un bond économique. Ce n'est pas seulement la révolution industrielle, mais tout ce qui l'accompagne : l'essor commercial, le pouvoir des banques.

Un des hommes les plus importants de l'époque, le baron Haussmann (Hartmann dans le roman), va bouleverser Paris. Il entreprend de transformer la circulation, de faire les grandes avenues et les perspectives qui sont toujours celles du Paris d'aujourd'hui. Pendant des années, les Parisiens vivront dans ces travaux qui vont complètement changer leur ville.

C'est à ce moment que naissent les grands magasins, dont certains, comme le Bon Marché, existent encore. De nouvelles idées sur la vente révolutionnent tout le commerce et entraînent la ruine des petits marchands de quartier. *Au Bonheur des Dames* raconte leur histoire dramatique en même temps que l'enrichissement des grands commerçants.

Les vitrines longeaient deux rues. Une enseigne les surmontait : « Au Bonheur des Dames ».

Chapitre premier

Denise était venue à pied de la gare Saint-Lazare avec ses deux frères. Pépé était un joli enfant de cinq ans, Jean un beau garçon de seize.

Ils étaient fatigués par le voyage en train depuis Cherbourg. Ils ne connaissaient pas Paris. Ils cherchaient la rue de la Michodière. C'était là que leur oncle Baudu habitait.

Soudain la jeune fille s'arrêta :

– Oh ! regarde Jean ! ce magasin !

– Celui où tu travaillais à Valognes n'était pas aussi beau !

Elle avait été vendeuse pendant deux ans chez le marchand de nouveautés* le plus important de cette ville. Mais le magasin qu'ils regardaient était bien différent ! Les vitrines* longeaient deux rues. Elles exposaient des tissus de toutes sortes, des velours, des satins, des soies mais aussi des dentelles, des fourrures et des vêtements de confection*. Tout cela se reflétait dans des glaces encadrées de dorures. Une enseigne* les surmontait : « Au Bonheur des Dames ».

Denise et ses frères regardaient, bouche ouverte. Ils avaient de pauvres vêtements noirs. Sur le trottoir, en face, un gros homme à cheveux blancs les observait.

– Et l'oncle ? dit enfin Jean. Il doit habiter par ici !

Denise sursauta et se retourna. Au-dessus du gros homme, elle vit alors l'enseigne « Au Vieil Elbœuf, draps et flanelles*, Baudu successeur ». Deux vitrines sombres étaient entourées de bois dont la peinture était vieille.

– C'est là !

Elle hésitait à entrer. Ils avaient quitté Valognes sans écrire à leur oncle pour annoncer leur arrivée. Il ne les avait jamais vus. À la mort de leurs parents, il avait envoyé une lettre. Il offrait une place à Denise dans sa boutique, si elle venait à Paris. Mais il y avait un an déjà !

Elle se décida, demanda au gros homme :

– Monsieur Baudu ?

– C'est moi.

Elle rougit :

– Je suis votre nièce, Denise. Je suis venue avec mes frères. Jean a du travail. Il entre demain chez un ivoirier*. Il sera logé et nourri. Pépé et moi nous nous débrouillerons.

Elle ajouta, après un silence :

– Nous ne pouvons pas être plus malheureux qu'à Valognes. Je ne gagnais plus assez d'argent pour nous nourrir.

– Ton père n'en a donc pas laissé ? Je m'en doutais ! Entrez, puisque vous êtes venus !

La boutique était sombre, le plafond bas. On voyait à peine les comptoirs de bois* et les pièces d'étoffe entassées. Deux employés étaient debout, au fond.

Baudu appela sa femme et sa fille, Geneviève. Elles arrivèrent. Elles avaient le même visage trop blanc, le même corps chétif. Geneviève semblait encore plus pâle que sa mère parce qu'elle avait des cheveux noirs magnifiques. C'était son unique beauté.

Elles firent asseoir Denise. Pépé monta sur ses genoux. Jean resta debout.

– Voyons, dit Baudu. Parlons affaires. Je t'ai écrit. C'est vrai. Mais, ma pauvre fille, c'était il y a un an. Maintenant, le commerce va mal. Je ne peux pas te prendre comme je te l'offrais l'an passé. (Et soudain en colère.) Si tu m'avais écrit, je t'aurais dit de rester à Valognes. Tu arrives sans crier gare[1] ! C'est très ennuyeux !

Denise pâlit :

– Nous allons partir, mon oncle. Je me débrouillerai seule.

Baudu n'était pas un méchant homme. Il grogna :

– Je ne vous renvoie pas ! Ce soir vous coucherez ici. Nous verrons après.

– Est-ce que Vinçard, le drapier*, ne cherchait pas une vendeuse ? demanda Geneviève.

– C'est vrai, dit Baudu. Je n'y pensais pas. Nous irons le voir après déjeuner.

– Et pour le petit, dit Mme Baudu, notre voisine garde des enfants. Elle le prendra si tu peux payer quarante francs par mois.

– Je peux payer le premier mois, dit Denise.

Elle retrouvait un peu d'espoir.

La boutique restait noire et vide. Pas un client ne vint jusqu'au déjeuner.

Ils mangèrent derrière la boutique, dans une pièce étroite et encore plus sombre.

Un des employés, Colomban, mangeait avec eux. C'était un gros garçon. Il avait vingt-cinq ans. Son visage était mou et ses yeux rusés[2]. Geneviève et lui devaient se marier au printemps. Leurs parents l'avaient décidé depuis longtemps. Ils étaient assis à table, l'un à côté de l'autre, sans se parler, sans se sourire. Comme de vieux époux.

---

1. Sans crier gare : sans prévenir, sans avertir.
2. Rusés : habiles à tromper.

Pourtant, Geneviève posait parfois un regard inquiet sur Colomban. Denise le remarqua.

Après le repas, Baudu emmena la jeune fille chez le drapier Vinçard. Il était en train de discuter de la vente de sa boutique. L'acheteur était employé au Bonheur des Dames. Il voulait un commerce à lui. En vendant sa boutique, le drapier n'avait plus besoin d'employée. En voyant le visage désolé de Denise, Robineau — c'était le nom de l'acheteur — dit aimablement :

– Je sais qu'au Bonheur des Dames on cherche quelqu'un pour le rayon* des confections. Présentez-vous demain matin à Mme Aurélie, la première*. Peut-être vous prendra-t-elle !

– Entrer là-dedans, cria Baudu, non !

Puis il se tut, gêné. Denise remercia timidement Robineau et ils rentrèrent au Vieil Elbœuf.

Baudu attendit le soir, après le dîner, pour dire :

– Tu es libre. Mais si tu savais ce qu'est ce magasin et qui est son propriétaire... Cet Octave Mouret ! Un garçon venu à Paris depuis sa province, sans un sou ! C'est un aventurier. Un mariage incroyable a fait sa fortune !

– Pauvre Caroline, dit Mme Baudu. Elle était ma cousine, et son Bonheur des Dames était moins grand qu'aujourd'hui ! Une vitrine et trois pièces de calicot* ! Elle était veuve d'Hédouin.

C'est ce Mouret qui l'a poussée à tout changer, dès qu'ils ont été mariés. Toujours agrandir ! Il l'a tuée avec ses constructions. Un matin, en visitant les travaux, elle est tombée dans un trou. Trois jours après elle était morte ! Moi, je dis qu'il y a son sang sous les pierres du magasin !

Denise frissonna.

– Oui, dit Baudu, il l'a tuée, comme il voudrait tuer tous nos commerces et bouleverser le quartier. Mais il finira par se ruiner ! Je sais qu'il n'a plus d'argent. S'il ne triple pas ses ventes les prochaines semaines, il ferme ! Et moi, je fête ça ! Hein, Colomban ?

– Bien sûr, dit Colomban sans enthousiasme.

Geneviève détourna la tête.

– Moi, reprit Baudu, tant que je vivrai, ma boutique restera avec ses deux vitrines, une à droite, une à gauche, pas plus !

Il y eut un silence. Denise se tenait près de la porte. Elle voyait, de l'autre côté de la rue, les vitrines éclairées du Bonheur des Dames. Les femmes s'arrêtaient devant les étalages* lumineux. C'était comme un phare [1] dans ce vieux quartier triste de Paris. Et sa lumière attirait Denise. Mais en même temps elle l'effrayait.

– Nous t'avons dit tout ça, conclut Baudu, mais tu feras ce que tu voudras.

Il regardait le Bonheur des Dames avec de la haine et une rage impuissante. Colomban, lui, regardait les ombres des vendeuses à travers les glaces. Et Geneviève le regardait.

– Alors, que décides-tu ? Tu y vas demain matin ?

Denise hésita, puis dit avec douceur :

– Oui, mon oncle, à moins que cela ne vous fasse trop de peine.

Il haussa les épaules et se tut.

C hapitre II

Le lendemain, à sept heures et demie, Denise était devant le Bonheur des Dames pour se présenter.

---

1. Phare : sur une côte ou une île, haute tour éclairée qui guide les navires quand il fait nuit ou par mauvais temps.

C'était trop tôt. Les commis* arrivaient à peine. Seuls ou par deux ou trois. Avant d'entrer dans le magasin, tous jetaient d'un même geste leur cigarette ou leur cigare. Plusieurs regardèrent Denise. Elle fut gênée par ces regards d'hommes et s'éloigna. Quand elle revint, elle vit un grand garçon maigre qui semblait lui aussi attendre.

Il hésita puis, en rougissant, demanda :

– Vous êtes peut-être vendeuse dans la maison, mademoiselle ? Vous pourriez me renseigner. Je viens voir s'il y a une place de vendeur.

– Moi aussi.

Puis ils se turent. Ils ne savaient que dire. Ils recommencèrent à attendre chacun de leur côté.

Les commis entraient toujours. Soudain un homme arriva. Jeune, grand, élégant. Ses yeux avaient un regard caressant. Ils se fixèrent un instant sur Denise. Elle eut un sentiment curieux de chaleur et de peur. Les commis le saluaient. Elle pensa : ce doit être un chef de rayon important.

Plus important qu'elle ne croyait ! C'était le propriétaire du Bonheur des Dames lui-même : Octave Mouret.

Il n'avait pas dormi cette nuit-là. Il avait assisté à un bal. Puis il avait soupé avec une actrice. Il était encore en habit de soirée.

Il monta vite dans son appartement, changea de vêtements et passa dans son bureau.

La pièce était grande. Il n'y avait qu'un seul portrait pendu au mur : celui de sa femme, morte depuis deux ans. Il lui devait le début de sa fortune.

Il commença à signer des factures. On frappa à la porte. Un jeune homme entra. Il était grand, les lèvres minces, le nez pointu, l'air sérieux.

Octave Mouret leva les yeux :

– Vous avez bien dormi, Bourdoncle ?

– Et vous, avez-vous dormi ?

– Je ne me suis pas couché !

Bourdoncle hocha la tête. Mouret le regarda gaiement :

– Vous êtes trop sage ! Amusez-vous un peu !

Bourdoncle avait commencé à travailler au Bonheur des Dames en même temps que Mouret. Il était intelligent, actif, mais il n'avait ni son génie ni son audace. Il se contentait d'être son conseiller et son ami. Il avait la surveillance générale du magasin. Il était célibataire et méprisait les femmes. Mouret, lui, était sans cesse amoureux !

– J'ai vu Mme Desforges cette nuit, dit-il. Elle était ravissante à ce bal.

– C'est avec elle que vous avez soupé après ?

– Voyons, mon cher, elle est honnête ! J'ai soupé avec Héloïse, la petite actrice des Folies-Dramatiques. Bête comme une oie mais jolie !

Il avait pris de nouvelles factures et signait. Bourdoncle regardait par la fenêtre.

– Vous savez qu'elles se vengeront ?

– Qui ?

– Mais les femmes ! Oui, elles se vengeront. Il y en aura une qui vengera les autres !

Mouret se mit à rire :

– Celle-là n'est pas encore née !

Ils commencèrent à parler de la grande vente des nouveautés d'hiver. Elle devait se dérouler le lundi suivant.

C'était une grosse affaire. Mouret avait rempli les comptoirs de marchandises sans garder un sou de réserve. Tout son capital était dehors.

Bourdoncle était inquiet. Mouret eut un rire confiant.

– Mais non ! Je pense, moi, que la maison est trop petite !

– Trop petite ! Une maison que vous venez encore d'agrandir. Dix-neuf rayons et quatre cent trois employés !

– Oui, répéta Mouret, trop petite. Avant dix-huit mois nous serons obligés d'agrandir ! Vous verrez ! Cette nuit, Mme Desforges m'a promis de me faire rencontrer demain chez elle un banquier ami qui... (il s'arrêta). Je vous en parlerai plus tard.

Il avait fini de signer. Il se leva, donna une tape [1] amicale sur l'épaule de Bourdoncle : la peur de ce garçon prudent l'amusait !

– Vous savez bien, murmura Bourdoncle, qu'on vous suivra jusqu'au bout.

– Descendons, dit Mouret. La soie est arrivée hier. Je veux voir le service de réception.

Bourdoncle le suivit.

Le service de réception était au sous-sol. Les caisses et les ballots d'étoffes descendaient le long d'une glissoire*. Les hommes les recevaient, ouvraient, déclouaient [2], classaient.

Bourdoncle examinait une des pièces de soie, le fameux « Paris-Bonheur » que Mouret allait lancer sur le marché.

– Alors, c'est décidé, nous la vendons cinq francs soixante le mètre ? C'est à peine le prix d'achat ! On la vendrait partout sept francs !

Mouret dit avec colère :

– Je le sais. Mais comprenez donc ! Les femmes vont se l'arracher [3] à ce prix !

– Plus elles se l'arracheront et plus nous perdrons, s'entêta Bourdoncle.

– Nous perdrons un peu. Et après ? Si nous attirons les femmes avec cet article, vous pourrez vendre les autres aussi cher qu'ailleurs. Elles croiront les payer meilleur marché ! Vous verrez. Le « Paris-Bonheur » sera la soie qui fera notre fortune !

---

1. Tape : petit coup donné par amitié.
2. Déclouer : défaire en enlevant les clous qui ferment la caisse.
3. Se l'arracher : se disputer pour l'avoir.

Les commis écoutaient en souriant. Bourdoncle céda.

Ils quittèrent le service de réception et continuèrent leur inspection. Ils passèrent au service des expéditions puis près du caissier* principal. Il s'appelait Lhomme, et sa femme, Mme Aurélie, était la première du service des confections. Lhomme était âgé et aimait la musique. Il jouait du cor[1].

Mouret lui donnait parfois des billets pour assister à des concerts. Le vieux caissier était reconnaissant. Mouret aimait plaire à ses employés. Quand il fallait punir ou renvoyer, il faisait agir Bourdoncle.

Ils arrivèrent au comptoir des soieries. Un des vendeurs, Hutin, un jeune homme blond à l'air aimable, disposait les soies de façon classique, les bleus près des gris et des roses.

Mouret le regardait faire. Brusquement il dit :

– C'est trop doux ! Prenez du rouge, du vert, du jaune ! Il faut frapper le regard des clientes !

Il avait pris les pièces de soie, les jetait, les mélangeait en couleurs violentes. Elles paraissaient flamber[2].

– Voilà ! Vous verrez si les femmes ne sont pas attirées !

Au même moment, Denise arrivait. Elle s'arrêta, fascinée[3] par cet étalage de couleurs. Mouret l'observait. L'admiration de cette pauvre fille le flattait.

Denise leva les yeux et reconnut l'homme qu'elle croyait être un chef de rayon. Sa timidité augmenta. Elle se tourna vers le premier commis qu'elle aperçut et demanda :

– Mme Aurélie, s'il vous plaît ?

---

1. Cor : instrument de musique en métal. Appartient à la famille des cuivres.
2. Flamber : brûler vivement.
3. Fascinée : attirée et séduite.

Hutin prit son air aimable de beau vendeur :

– À l'entresol. Par ici, mademoiselle...

Il la conduisit au pied de l'escalier, inclina la tête et lui sourit. Il avait le même sourire pour toutes les femmes. Mais Denise ne vit que son joli visage et ce sourire. Elle fut émue, murmura :

– Merci mille fois, monsieur.

Elle n'entendit pas Hutin, revenu à son comptoir, dire à son camarade :

– Quelle idiote !

Denise arriva au rayon des confections. Cinq ou six jeunes femmes, vêtues de robes de soie, allaient et venaient. Denise demanda de nouveau :

– Mme Aurélie ?

Une des vendeuses regarda avec mépris sa pauvre robe noire :

– Elle n'est pas là !

Denise attendit. Personne ne s'occupait plus d'elle. Elle finit par demander :

– Mme Aurélie reviendra-t-elle bientôt ?

– Je n'en sais rien. Attendez, si vous voulez la voir.

Denise resta debout. Les autres la regardaient d'un air peu aimable.

– Vous avez vu ses chaussures ? chuchota l'une.

– Et la robe ! murmura une autre.

Elles se turent brusquement. Mme Aurélie entrait. C'était une femme assez âgée. Son visage était lourd, ses yeux sévères. Elle regarda Denise :

– Que désirez-vous ?

Denise, intimidée, murmura à nouveau sa demande.

– Quel âge avez-vous ?

– Vingt ans, madame.

– Vingt ans ! Vous n'en paraissez pas seize !

– Je suis solide !

Mme Aurélie haussa les épaules :

– Je veux bien vous inscrire. Mais j'ai déjà dix demandes et je n'ai besoin que d'une vendeuse.

Mouret arrivait, toujours accompagné de Bourdoncle. Ils terminaient leur inspection.

Étonné de retrouver la jeune fille, Mouret demanda à Mme Aurélie ce qu'elle faisait là.

– Elle se présente pour être vendeuse.

– C'est une plaisanterie, fit Bourdoncle. Elle est trop laide !

Mouret ne dit rien. Il observait Denise. Cette robe noire ne lui allait pas et elle avait le visage triste, mais il ne la trouvait pas laide.

Mme Aurélie avait pris le registre* des inscriptions :

– Votre nom ?

– Denise Baudu, madame.

– Où étiez-vous placée avant ?

– Chez Cornaille, à Valognes.

– Je le connais. Bonne maison, dit Mouret.

D'ordinaire, jamais il n'intervenait dans les embauches* d'employés. Mme Aurélie dit d'une voix plus douce :

– Pourquoi êtes-vous partie de chez Cornaille ?

– Des raisons de famille, dit Denise en rougissant. Nous avons perdu nos parents, j'ai dû suivre mes frères. Mais j'ai un certificat [1] de Cornaille.

Elle le tendit. Il était excellent.

– Où habitez-vous à Paris ?

– Chez mon oncle. (Elle hésita à le nommer.) Mon oncle Baudu, là, en face.

– Comment, s'écria Mouret, vous êtes la nièce de Baudu ! Est-ce Baudu qui vous envoie ?

– Oh non, monsieur !

---

1. Certificat : papier remis par le patron à l'employé qui a travaillé dans son entreprise.

Elle ne put s'empêcher de rire. Son visage en fut transformé. Elle devint rose, ses yeux s'animèrent.

– Mais elle est jolie ! dit tout bas Mouret à Bourdoncle.

Bourdoncle pinça les lèvres.

– Votre oncle a tort ! Sa nièce n'a qu'à frapper chez moi pour être accueillie ! Dites-le-lui. Et qu'il achèvera de se ruiner s'il continue son commerce à la façon ancienne !

Denise était redevenue toute blanche. C'était Mouret ! Personne n'avait dit son nom mais elle le comprenait. Les histoires contées par son oncle lui revenaient en mémoire. C'était donc lui le maître de cette énorme entreprise. C'était sa femme qui était morte en visitant les nouveaux bâtiments du magasin.

Elle frissonna. Mme Aurélie ferma son registre :

– C'est bien, mademoiselle, on vous écrira après avoir fait une enquête [1].

Mais sa décision était prise. Elle désirait trop plaire au patron pour hésiter.

Mouret et Bourdoncle s'étaient éloignés. Denise remercia et sortit. Elle traversa le magasin et chercha à revoir Hutin. Elle ne le trouva pas. Elle en fut triste.

Elle était dehors quand une voix émue demanda :

– Avez-vous réussi, mademoiselle ?

Elle reconnut le jeune homme qui attendait comme elle à l'ouverture du magasin. Il rougissait.

– Je n'en sais rien, dit-elle.

– C'est comme moi.

– Comment vous appelez-vous, mademoiselle ?

– Denise Baudu.

– Moi, c'est Henri Deloche.

---

1. Faire une enquête : s'informer d'une personne auprès des gens qui la connaissent.

Ils se sourirent et se tendirent la main :
– Bonne chance !
Ils le dirent ensemble.

Chapitre III

Mme Desforges était une jolie femme brune. Elle était née dans la haute bourgeoisie. Elle était veuve et sans enfants. Elle avait trente-cinq ans et son mari lui avait laissé une fortune importante. Si elle avait des amants, c'était en secret. Aussi, personne ne doutait de son honnêteté.

Elle avait rencontré Mouret chez des amis et elle en était passionnément amoureuse. Il était devenu son amant et l'aimait, à sa façon, comme il avait aimé beaucoup d'autres femmes avant elle.

Chaque samedi après-midi elle recevait ses amis. Ce jour-là, quand Mouret entra, elle traversait le petit salon, un éventail[1] à la main. Il demanda tout bas :

– Viendra-t-il ?

– Il m'a promis.

– Est-il au courant[2] ?

– Non. Vous lui expliquerez vous-même l'affaire.

Ils parlaient du baron Hartmann. C'était un vieil ami de Mme Desforges et l'un des plus gros banquiers de Paris. Mouret désirait beaucoup le rencontrer.

Il baisa avec tendresse la main de Mme Desforges.

– Ma bonne Henriette…

Elle mit un doigt sur ses lèvres :

– Chut ! Entrez derrière moi.

---

1. Éventail : objet en tissu ou en papier plissé que l'on agite pour faire de l'air.
2. Au courant : sait-il ?

Des voix de femmes venaient du grand salon fermé par des tentures. Mouret suivit Mme Desforges et salua ses amies. Il les connaissait toutes. Plusieurs étaient ses clientes. L'une d'elles lui dit en riant :

– Ah, monsieur, vous avez en ce moment au Bonheur des Dames des dentelles extraordinaires !

Il sourit, s'inclina, commença à parler chiffons [1] avec elles. Un valet servait le thé. Henriette Desforges fit un léger signe à Mouret. Il se dirigea vers le petit salon.

Un vieil homme se tenait là, debout.

– Cher baron, dit Henriette, je vous présente M. Octave Mouret qui a le plus vif désir de vous dire son admiration.

Elle se tourna vers Mouret et ajouta :

– Monsieur le baron Hartmann.

– Je suis heureux et fier de vous serrer la main, monsieur, dit Mouret avec enthousiasme.

– Trop aimable, monsieur, trop aimable dit le baron en souriant.

– Je vous laisse parler, dit Henriette en les quittant.

– Monsieur le baron, dit Mouret, j'ai besoin de vos conseils. Je n'osais pas aller vous voir. Je sais que votre banque possède des terrains et des immeubles qui entourent mon magasin du Bonheur des Dames. Si je veux m'agrandir, je dois passer par vous. En nous associant, nous pourrions bâtir et installer les magasins les plus vastes de Paris. Nous gagnerions des millions ! Un magasin énorme, une cathédrale !

– Quelle imagination ! Où prendrez-vous la clientèle pour remplir votre « cathédrale » ?

Mouret montra les dames assises dans le salon, qui discutaient robes et toilettes*.

---

1. Parler chiffons : parler de vêtements.

Elle se tourna vers Mouret et lui présenta le baron Hartmann.

– La clientèle ? Mais la voilà ! Comprenez-moi !
Plus nous aurons d'articles*, plus nous vendrons.
La cliente ira de comptoir en comptoir. Ici elle
achète l'étoffe, plus loin le fil, ailleurs le manteau.
Elle cède au désir de l'inutile, du joli. Nous vendons beaucoup, donc nous pouvons vendre bon
marché. L'argent tourne dix fois au lieu d'une !

– J'entends bien, dit le baron. Et vous vendez
bon marché pour vendre beaucoup ! Mais, je le
répète : à qui ?

– On vend ce qu'on veut lorsqu'on sait vendre.
Plaisez aux femmes et vous vendrez le monde !

Le baron hocha la tête et eut le même mot que
Bourdoncle :

– Vous savez qu'elles se vengeront de vous, un jour !

Mouret haussa les épaules :

– Concluons [1], cher monsieur. Voulez-vous être avec moi ? L'affaire des terrains vous paraît-elle possible ?

Le baron, à demi conquis, hésitait encore.

Du salon, des voix féminines appelèrent :

– Monsieur Mouret ! Monsieur Mouret !

– On vous réclame [2], dit le baron.

Ils passèrent dans le grand salon.

– Votre soie, votre « Paris-Bonheur » dont tous les journaux parlent, quand la mettez-vous donc en vente ? On parle de lundi.

– Et à un prix extraordinaire, une belle soie à cinq francs soixante !

– C'est à ne pas croire ! Nous irons toutes !

– Voyons, donnez-nous des détails !

Elles parlaient toutes à la fois, l'entourant, lui souriant, roses, excitées, les yeux brillants. Le baron les observait et il observait Mouret. Son admiration grandissait. Cet homme était assez fort pour jouer ainsi avec les désirs des femmes, leurs faiblesses, les gagner par la coquetterie [3], démocratiser [4] le luxe. Il pouvait devenir un terrible agent [5] de dépenses...

Henriette lui demanda à mi-voix :

– Comment le trouvez-vous ?

– Charmant. Mais prenez garde, ma chère. Il vous mangera toutes !

Une flamme de jalousie éclaira les yeux d'Henriette. Elle devinait que Mouret s'était servi d'elle

---

1. Concluons : achevons, terminons.
2. On vous réclame : on vous demande.
3. Coquetterie : désir de plaire.
4. Démocratiser : rendre possible pour un plus grand nombre.
5. Agent : celui qui fait dépenser l'argent des femmes.

pour rencontrer le baron. Elle se promit de le rendre fou d'amour pour elle et dit en riant au baron :

– Et si, pour une fois, l'agneau mangeait le loup ?

Le baron la regarda. Peut-être était-elle la femme qui vengerait les autres ?

Quand Mouret s'approcha pour le saluer, il le retint. Ils parlèrent un instant à voix basse. Puis le banquier dit :

– J'examinerai l'affaire. Elle est conclue si votre vente de lundi prend l'importance que vous dites.

Ils se serrèrent la main et Mouret partit, ravi.

*

*   *

Ce lundi 10 octobre, le soleil brillait comme au printemps. C'était le jour de la grande vente des nouveautés d'hiver au Bonheur des Dames. Tous les comptoirs étaient pleins de marchandises.

À cette heure matinale, il y avait encore peu de clientes. Mais dès qu'elles entraient dans le magasin, elles s'arrêtaient, émerveillées. Mouret avait fait installer un salon oriental.

Des tapis d'Arabie, de Turquie, de Perse, des Indes étaient pendus aux murs, étendus sur le sol, jetés sur des divans. Les couleurs étaient éclatantes ou délicates, toujours belles.

Ce matin-là, Denise commençait à travailler à 8 heures. Sa chambre était sous les toits. Elle était étroite, les meubles simples : un lit, une armoire, une table de toilette et deux chaises.

Vingt chambres pareilles s'alignaient le long d'un couloir. Les employées qui n'avaient pas de famille à Paris logeaient là.

La malle de Denise était déjà arrivée. Elle enleva sa robe de laine noire et mit l'uniforme* de son rayon, une robe noire, elle aussi, mais en soie. Elle était un peu trop grande, trop large aux épaules.

Denise était mince et elle n'avait jamais porté une robe de soie. Elle était mal à l'aise.

Elle descendit, entra au rayon des confections. Les autres vendeuses la regardèrent avec un sourire moqueur. Mme Aurélie pinça les lèvres :

– Cette robe est trop large. Arrangez-la un peu ! Tirez la ceinture ! Vous ne savez pas vous habiller ? Et vos cheveux ! Ils sont mal coiffés ! Ils pourraient être superbes !

Ils étaient beaux, blonds, et si longs qu'ils lui tombaient jusqu'aux chevilles. Denise ne savait jamais comment les coiffer, c'était vrai.

Une des vendeuses, Clara, qui avait, elle, assez peu de cheveux, appela d'un signe une employée du rayon voisin de lingerie, Pauline Cugnot :

– Voyez cette crinière [1] ! fit-elle en se moquant.

Mais Pauline était une bonne fille. Elle observait Denise depuis un moment et elle se rappelait les moqueries qu'elle avait elle-même supportées les premiers mois.

Elle répondit en fixant les maigres cheveux de Clara :

– Toutes n'en ont pas de ces crinières !

Clara lui lança un regard furieux. Denise, qui avait entendu, la regarda avec reconnaissance.

Mme Aurélie donna à Denise un carnet et un crayon :

– Vous notez chaque vente que vous ferez. Et quand une cliente arrive, vous attendez que ce soit votre tour de vente* pour la servir.

Pour le moment, le rayon de confection restait désert. Les vendeuses attendaient. Un grand jeune homme passa et sourit timidement à Denise. Elle le reconnut et lui sourit à son tour. C'était Henri

---

1. Crinière : se dit pour le lion ou le cheval ; ensemble de poils tombants sur la tête et le cou. Ici : chevelure abondante.

Deloche. Il était employé depuis la veille au rayon des dentelles.

Vers onze heures quelques dames arrivèrent. C'était le tour de vente de Denise. Elle s'approcha de la première cliente mais Clara s'était précipitée.

– Pardon, dit Denise, c'est mon tour !

Mme Aurélie lui jeta un regard sévère :

– C'est une cliente connue. Attendez de savoir pour la servir !

Denise recula. Elle avait les yeux pleins de larmes. Allait-on l'empêcher de vendre ? Elle était entrée au pair, c'est-à-dire sans appointements fixes [1]. Elle n'aurait pour vivre et pour payer la pension de son petit frère que le pourcentage [2] sur chaque vente. Comment faire si elle ne vendait rien ? Elle eut peur. Elle se sentit seule, séparée pour la première fois de ses frères. Elle regarda par la fenêtre la triste devanture* du magasin de son oncle. Elle regretta de n'avoir pu y rester.

Une main se posa sur son bras :

– Vous ne faites rien, maintenant ? Vous regardez passer dans la rue ? dit sévèrement Mme Aurélie.

– Puisqu'on m'empêche de vendre, madame.

– Il y a d'autre travail pour vous, mademoiselle. Commencez par le commencement. Rangez les dépliés* !

C'était un travail de débutante et très fatigant. Il fallait trier [3], plier et suspendre les vêtements souvent lourds qui avaient été jetés sur les comptoirs après avoir été montrés aux clientes.

Elle pliait toujours lorsque Mouret entra. Elle rougit mais il ne la voyait même pas. Il ne pensait qu'à sa vente. Et il était inquiet. C'était la fin de la matinée et le magasin restait vide !

---

1. Appointements fixes : salaire.
2. Pourcentage : une certaine somme que le vendeur reçoit pour chaque vente qu'il fait.
3. Trier : séparer les uns des autres.

Il dit quelques mots à Mme Aurélie puis il alla en haut du grand escalier. Seul, debout, il resta immobile. Il dominait l'ensemble du magasin. La maison entière lui parut semblable à une machine en train de se refroidir, de s'arrêter et, soudain, il eut peur de perdre son pari.

Puis il eut honte de sa peur. Il regarda mieux. Les rayons commençaient à s'animer. On entendait au-dehors des fiacres[1] s'arrêter. Ce n'était pas encore la fièvre de l'après-midi mais il sentait qu'elle viendrait. L'espoir revenait. Quelques heures plus tard, quand Mme Desforges arriva au Bonheur des Dames avec deux de ses amies, c'était la foule ! Près du salon oriental on entendait s'écrier : « Superbe ! Inouï ! Extraordinaire ! Un rêve ! »

– Venez, dit Mme Desforges, il faut voir leur fameuse soie, leur « Paris-Bonheur ».

La foule était encore plus dense. Tous les vendeurs étaient occupés. Ils mesuraient, coupaient, déballaient.

– Elle n'est pas mal, pour le prix, dit Mme Desforges en tâtant la soie.

– Un peu légère pour un manteau, dit sont amie.

– Achetez-le donc tout fait ! conseilla Mme Desforges. Allons au rayon des confections.

Lorsqu'elles arrivèrent, les clientes étaient nombreuses là aussi. Denise s'avança.

– Je désirerais un manteau.

– Quel genre de manteau, madame ?

– Je ne sais pas, fit avec impatience Mme Desforges. Montrez-nous ce que vous avez !

Mais déjà Mme Aurélie se précipitait. Elle avait reconnu l'amie de Mouret, écarta Denise et appela une autre vendeuse plus expérimentée[2].

---

1. Fiacre : voiture à cheval.
2. Expérimentée : qui sait mieux.

Celle-ci commença à montrer des manteaux aux deux dames. Denise regardait.

– Servez à quelque chose, dit à mi-voix Mme Aurélie. Mettez ce manteau sur vos épaules. Tenez-vous droite !

Denise obéit.

– Il n'est pas mal, dit Mme Desforges. Mais la taille me paraît...

– Oh, dit vivement Mme Aurélie, il faudrait le voir autrement que sur mademoiselle qui n'est guère...

– Et si sa robe était moins large ! dit avec une certaine méchanceté Mme Desforges.

Et elle lança un regard amusé à Mouret qui venait d'arriver au rayon des confections et la saluait.

Il regarda Denise et dit d'un air moqueur :

– Et puis il faudrait être peignée [1] !

Tout le monde se mit à rire. Denise retenait ses larmes. Pourquoi se moquait-on de sa taille trop mince ? de son chignon [2] trop lourd ? Que leur avait-elle fait ?

Instinctivement, elle sentait l'entente de Mme Desforges et de Mouret, et elle éprouvait une douleur inconnue.

Mme Aurélie enleva le manteau à Denise en murmurant :

– Voilà un joli début ! On n'est pas plus sotte !

À la fin de la journée, Mouret revint en haut du grand escalier. Il regarda la foule s'écouler lentement, les comptoirs ravagés [3], les rayons vides, les vendeurs exténués et les caissiers qui alignaient leurs chiffres.

Quand Lhomme, le caissier principal, mari de Mme Aurélie, vint afficher la recette* totale de la journée, Mouret demanda :

---

1. Peignée : coiffée.
2. Chignon : cheveux enroulés en rond derrière la tête.
3. Ravagés : dévastés.

Denise se mit à sangloter de fatigue et de tristesse.

– Combien ?

– Quatre mille sept cent quarante-deux francs dix centimes !

C'était le plus gros chiffre qu'une maison de nouveautés eût encore atteint en un jour.

Mouret sourit : il avait gagné. Le baron Hartmann lui apporterait désormais ses terrains et ses millions !

Denise monta se coucher, épuisée. Ses pieds étaient douloureux, son esprit vide. Elle regarda la vilaine chambre et sa vieille robe de laine posée sur la chaise. Elle se mit à sangloter de fatigue et de tristesse.

Chapitre IV

Le lendemain, Mouret fit appeler Denise dans son bureau. Il avait été blessé, la veille, en voyant Mme Desforges se moquer de son manque d'élégance. Il était décidé à se montrer sévère.

– Mademoiselle, commença-t-il, ne m'obligez pas à...

Il s'arrêta. Denise était en face de lui. Sa robe de soie n'était plus trop large, ses cheveux coiffés.

– C'est mieux, ce matin. Mais n'oubliez pas que vous n'êtes plus à Valognes. Soyez parisienne ! Et ne me poussez pas à reconnaître que j'ai eu tort de vous faire confiance ! D'autres ici le pensent. Vous voilà prévenue !

Denise regardait le portrait de Mme Hédouin. Celle que le quartier accusait Mouret d'avoir tuée avec tous les travaux pour agrandir ses magasins.

À nouveau elle eut peur. Elle n'entendait plus ce que disait Mouret.

– Allez ! dit-il enfin, et il se remit à écrire.

Elle sortit du bureau, soulagée. Elle avait pensé qu'il allait la renvoyer.

À partir de ce jour, Denise montra son courage. Elle surmonta les terribles fatigues du rayon : porter les paquets de vêtements si lourds, rester debout toute la journée, les pieds meurtris par ses chaussures trop vieilles, trop grosses. Elle n'avait pas d'argent pour en acheter de plus légères. Il fallait sourire, se tenir droite. Elle le faisait.

De plus, les autres vendeuses continuaient à se moquer d'elle, l'appelaient « la mal peignée ». Et lorsque Denise se révéla une excellente vendeuse, elles s'unirent pour lui enlever les meilleures clientes. Mme Aurélie laissait faire.

Ce fut une lutte de chaque instant. Sa chambre était son seul refuge. Mais sous les toits couverts de la neige de décembre, il y faisait très froid. Et il était interdit de s'y rendre pendant le jour.

L'argent aussi était pour elle un cruel souci. Elle était toujours sans appointements fixes. Le peu qu'elle gagnait sur les ventes lui permettait juste de payer la pension de Pépé. Son frère Jean, beau et gai, avait sans cesse des aventures avec des femmes. Il était lui-même peu payé chez l'ivoirier, et venait souvent demander de l'argent à sa sœur.

Elle lui faisait la morale [1], mais, désarmée par son sourire tendre et sa faiblesse, elle cédait. Et elle continuait à porter ses vieilles chaussures si usées dont les autres vendeuses se moquaient.

Ce soir-là, elle avait décidé de faire le cordonnier, et elle s'efforçait de recoudre la semelle quand on frappa à la porte de sa chambre. Doucement, car, passé onze heures, les employées n'avaient pas le droit de se rendre visite dans leurs chambres.

Denise, étonnée, ouvrit. Elle vit Pauline Cugnot. C'était la vendeuse au rayon de lingerie qui, le premier jour, l'avait soutenue contre les moqueries.

Elle referma sans bruit la porte, s'assit sur le lit.

– Il y a longtemps que je veux vous parler. Vous avez l'air si triste, le soir, au dîner. Et si seule !

Elle aperçut le soulier que Denise tenait à la main. Cette dernière rougit.

– Je connais ça, dit Pauline. Je suis entrée au Bonheur des Dames sans un sou en poche ! Je lavais mes chemises dans ma cuvette ! À présent, je gagne deux cents francs par mois ! Pour vous, ce sera pareil !

– Non, dit Denise en retenant ses larmes. Elles m'en veulent [2] au rayon.

---

1. Faire la morale : faire des reproches.
2. M'en veulent : ne m'aiment pas.

Et elle raconta tout, même les histoires d'amour de son frère Jean, qui achevaient de lui prendre son argent. Pauline hochait la tête, écoutait. À la fin, elle dit :

– Avec vos deux frères à soutenir et ces mauvaises filles qui ne vous laissent pas vendre, vous ne tiendrez pas longtemps.

Elle baissa un peu la voix :

– À votre place, je prendrais quelqu'un.

– Comment quelqu'un ? demanda Denise qui ne comprit pas tout de suite. Puis elle rougit et murmura :

– Non !

– Vous n'êtes pas raisonnable, dit gentiment Pauline. Il est impossible de rester sans un sou, enfermée dans sa chambre à regarder voler les mouches ! Ainsi, moi, je sors avec un vendeur du Bon Marché[2], un garçon très gentil. Et avant lui, c'était un employé des Postes. Cela vous paraît mal ?

Denise secoua la tête.

– Je ne vous dis pas de mal vous conduire ! reprit vivement Pauline. Comme cette vendeuse de votre rayon de confection, cette Clara ! Celle-là ! Tous ! Mais un seul... Tenez, voulez-vous que dimanche mon ami, Baugé, nous emmène à la campagne ? Il peut demander à un de ses amis, pour vous...

– Non, répéta Denise. Merci beaucoup. Mais, non.

– Alors, dit Pauline sans insister davantage, prenez ça et achetez-vous des chaussures. Vous me rendrez l'argent quand vous gagnerez mieux !

Elle lui glissa dans la main les dix francs que Jean, le même soir, lui avait «empruntés». Et elle embrassa Denise. Car c'était une bonne fille, généreuse et gaie.

---

2. Au Bon Marché : grand magasin parisien semblable au Bonheur des Dames, mais situé sur la rive gauche de la Seine.

Cette amitié offerte, la première, réconforta Denise, et elle se mit à repenser aux conseils de Pauline. Elle observa autour d'elle les gens. Les hommes qui le soir attendaient à la sortie du magasin, les vendeuses qui ne couchaient pas là. Les billets glissés dans les mains, d'un rayon à l'autre. Elle remarqua même, avec tristesse, Colomban, le fiancé de sa cousine Geneviève. Il regardait sans cesse depuis le Vieil Elbœuf en direction du rayon des confections du Bonheur des Dames. Il regardait Clara... Clara qui s'en allait chaque soir au bras d'un homme différent !

Denise avait aussi, en dehors de Pauline, un ami. Mais il était si timide ! À peine quelques mots lorsqu'il la rencontrait dans le magasin. C'était Henri Deloche, vendeur au rayon des dentelles.

Le seul qui plaisait à Denise et faisait battre son cœur ne la regardait jamais. Hutin, du rayon des soieries, dont le joli visage et les manières polies l'avaient trompée le premier jour. Car seul l'argent l'intéressait. Il le dépensait aux courses, au bal, au restaurant, avec des filles rencontrées dans ces cafés-concerts ou au fond des «beuglants [1]». Mais cela, Denise l'ignorait. Elle passait de temps en temps devant le rayon des soieries dans l'espoir que Hutin lui sourirait.

Un après-midi, elle y trouva Mouret. Depuis leur entrevue dans son bureau, il ne lui avait pas parlé. Cette petite vendeuse avec ses cheveux si difficiles à coiffer le troublait. Il ne voulait pas l'admettre et souriait d'un air amusé en la voyant. Denise, de son côté, éprouvait le même sentiment bizarre, d'attirance et de peur.

L'hiver passa. Denise obtint enfin trois cents francs d'appointements fixes. Mais au rayon, la

---

1. Beuglant : mot d'argot pour café-concert très populaire.

guerre continuait. Les autres vendeuses ne l'acceptaient toujours pas.

Mme Aurélie, qui avait une maison à la campagne, invita ces demoiselles à venir passer un dimanche chez elle. Toutes, sauf Denise. À cause de son amitié pour Pauline que Mme Aurélie n'aimait pas !

– Vengez-vous donc ! dit Pauline. Dimanche, Baugé m'emmène à Joinville. Venez avec nous ! Elles enrageront !

Denise hésita puis accepta. Moins par désir de se venger que par un besoin de plus en plus vif de revoir la campagne, le plein ciel, de hautes herbes, des arbres... À Paris, entre le magasin et sa chambre, elle étouffait. Elle regrettait le soleil et les verdures de son enfance.

Baugé, l'ami de Pauline, était un bon gros garçon qui riait de tout. Ils prirent un fiacre et, à la gare de Vincennes, le train pour Nogent, puis arrivèrent à Joinville.

Des peupliers bordaient la Marne. Ils déjeunèrent au bord de l'eau et l'après-midi marchèrent le long de la rivière. Des canotiers [1] et des yoles [2] passaient. C'était une belle journée de mai. Denise était heureuse.

Le soir vint. Ils dînèrent dans un restaurant sur une petite île. Il y avait beaucoup de clients et beaucoup de bruit. Une table surtout attirait les regards. Denise aperçut Hutin assis à côté d'une grande fille brune. Elle avait posé une touffe de coquelicots [3] dans ses cheveux et se serrait contre lui. Hutin faisait de grands gestes, parlait fort et riait.

Denise avait pâli.

Pauline avait elle aussi reconnu Hutin.

---

1. Canotiers : hommes et femmes montés sur des canots, petites barques à rames.
2. Yoles : autres petites barques à rames.
3. Coquelicots : fleurs rouges qui poussent dans les champs.

– Voyez quelles filles il ramasse ! murmura-t-elle à Denise. Et après il se vantera de séduire des comtesses !

– On étouffe ici, dit Denise. Sortons.

Dehors, elles trouvèrent Deloche. Elles ne l'avaient pas vu dans le restaurant. Il y dînait seul. Denise dit spontanément :

– Monsieur Deloche, vous rentrez avec nous ! Donnez-moi votre bras !

Pauline et Baugé s'étonnèrent mais ne dirent rien.

Denise et Deloche marchèrent d'abord en silence. Puis Deloche murmura :

– Je suis content de me promener avec vous.

La nuit était assez sombre et l'eau de la rivière semblait noire. Dans cette obscurité, Deloche s'enhardit et osa enfin dire à Denise qu'il l'aimait.

Elle pensait à Hutin et se mit à pleurer.

– Je ne voulais pas vous offenser, dit Deloche. Je n'ai jamais eu de chance, je sais que je ne peux être heureux. Vous ne m'aimez pas, je m'y attendais. Mais vous ne pouvez m'empêcher de vous aimer. Pour rien. Comme une bête. C'est ma part dans la vie.

Elle s'efforça de le consoler et, en amis, ils se mirent à parler de leur enfance, de leurs parents.

Elle rentra seule au Bonheur des Dames. Dans l'escalier qui menait aux chambres, elle croisa Mouret qui rentrait chez lui. Il la regarda avec curiosité :

– Vous étiez sortie ?

– Je suis allée à la campagne.

– Toute seule ?

– Non, monsieur. Avec une amie dit-elle en rougissant.

Elle était charmante avec ce ruban bleu qui ornait son chapeau de paille, et elle avait l'air si jeune. Il éprouva soudain une grande tendresse pour elle. Il pensa : « C'est un amant qui la rend presque belle. » Et il fut brusquement jaloux. Il la regarda disparaître et rentra chez lui.

C hapitre V

L'été arriva. Comme chaque année, à la même époque, le magasin se vida de ses clientes. Pour diminuer les frais, on commença à licencier [1] des vendeurs.

Tous vivaient dans la crainte du terrible : « Passez à la caisse » de Bourdoncle, chargé par Mouret des exécutions. Trois minutes de retard le matin : « Passez à la caisse ! » — « Vous étiez assis, monsieur ! Passez à la caisse ! » — « Vos souliers sont mal cirés, passez à la caisse ! » — « Vous répondez, je crois ? Passez à la caisse ! »

Malgré son courage, Denise s'attendait chaque matin à être licenciée. Au rayon, qui la défendrait ? Aux moqueries avaient succédé des attaques plus méchantes. Clara l'avait vue promenant Pépé. « La mal peignée a un enfant qu'elle cache. » Denise eut beau protester, indignée : « C'est mon frère ! » Personne ne la crut. Deloche voulut gifler Clara. Denise dut l'en empêcher. Il l'aurait embarrassée encore plus. Depuis la soirée de Joinville, il lui portait un amour presque religieux et enrageait de ne pouvoir la défendre.

Un soir, elle achevait son repas dans la salle réservée aux employés — les hommes mangeaient dans une autre pièce, séparée. Elle était seule. Elle vit entrer l'inspecteur Jouve. C'était un ancien militaire chargé de surveiller les rayons et les vols possibles.

---

1. Licencier : supprimer l'emploi, mettre à la porte.

– Passez à la caisse !

Il s'approcha d'elle. Elle se recula. Il se rapprocha davantage. Elle se rappela les histoires que Pauline contait à son sujet, des vendeuses qu'il attirait chez lui. Elle eut peur, voulut se lever. Il l'en empêcha, tenta de l'embrasser.

Elle se débattit, le repoussa. Une carafe de vin roula, éclaboussa sa cravate blanche. Il dit avec colère :

– Vous le regretterez !

Elle s'enfuit, traversa le magasin et, soudain, devant un des rayons, aperçut son frère Jean.

– Que fais-tu là ? Je t'avais défendu de venir ! Tu sais bien qu'il est interdit de recevoir des visites pendant le travail !

Elle regardait, inquiète, les vendeurs du rayon qui les observaient.

– J'ai besoin de quinze francs, tout de suite. Donne-les vite et je file !

– Où veux-tu que je les prenne ! Tu n'es pas raisonnable !

Elle parlait bas, consciente d'être écoutée. L'escalier menant au sous-sol était tout proche. Elle y poussa Jean, descendit après lui. Ils arrivaient dans un coin sombre. Ils entendirent des pas qui approchaient. Alors, elle perdit la tête et se mit à courir dans le corridor [1], tenant son frère par la main et répétant : « Va-t'en ! Si je peux, je t'enverrai les quinze francs mais va-t'en ! »

Le corridor aboutissait à une rue. Jean se sauva. L'inspecteur Jouve qui arrivait, essoufflé, aperçut des boucles de cheveux blonds, un coin de blouse blanche et Denise, pâle, face à lui.

– Eh bien, mademoiselle, c'est une honte ! La direction le saura.

Il remonta au magasin sans plus s'occuper d'elle. Elle n'avait même pas tenté de se défendre. Pour quoi faire ? Qui la croirait ? L'inspecteur Jouve tenait sa vengeance !

Mais l'inspecteur était un homme prudent. Il se souvenait que Mouret semblait protéger cette Denise. Il attendit que Bourdoncle soit seul, Bourdoncle qui, dès le premier jour, avait détesté Denise. Et il fit son rapport.

Bourdoncle se rendit aussitôt au rayon des confections et appela Mme Aurélie. Ils parlèrent à voix basse, puis Mme Aurélie se tourna vers Denise :

– Mademoiselle Baudu, passez à la caisse !

– Moi ? Pourquoi donc ? Qu'ai-je fait ?

– Cet homme dans le sous-sol ! dit durement Bourdoncle.

– Mais c'est mon frère !

---

1. Corridor : couloir, passage entre des pièces au même étage.

Il y eut des ricanements. Toujours son frère ! C'était bête à la fin !

Denise les regarda, Bourdoncle, Jouve, et ces filles heureuses de la voir partir. Et elle s'en alla. Mais lorsqu'elle fut seule, elle se révolta à la pensée que Mouret allait croire ces mensonges, cette vilaine histoire de sous-sol ! Elle se dirigea vivement vers son bureau. Devant la porte, elle s'arrêta. Il ne la croirait pas. Il rirait comme les autres. Une pensée insupportable.

Alors, sans même prévenir Deloche ou Pauline, elle passa tout de suite à la caisse. L'employé lui remit, sans un mot, vingt-cinq francs, son salaire de deux jours, et elle se retrouva sur le trottoir devant le magasin, au milieu des fiacres et de la foule.

Le soir même Bourdoncle supporta le choc violent de la colère de Mouret. N'était-il plus le maître ? On se permettait de donner des ordres sans lui en parler ?

Bourdoncle dit alors, en le regardant :

– Il vaut mieux pour tout le monde qu'elle soit partie.

Mouret se tut, gêné. Puis il murmura :

– Vous avez peut-être raison.

Mais il fit faire une enquête pour savoir qui était ce garçon que Denise avait reçu au sous-sol. C'était bien son frère. Elle ne mentait pas. Il en éprouva un soulagement bizarre qu'il ne tenta pas d'analyser.

*

*   *

Dans la chaleur brûlante de juillet, Denise tournait au fond de sa poche ses vingt-cinq francs. Elle se demandait où aller et que faire ?

Le Vieil Elbœuf était en face d'elle, désert derrière ses vitrines noires. Mais elle n'osait pas y entrer. Son oncle ne voulait plus la voir depuis qu'elle était employée au Bonheur des Dames, et il avait interdit à sa femme et à sa fille de la recevoir.

Elle se sentait plus seule et plus désemparée [1] que le jour de son arrivée à Paris. Il fallait pourtant dormir quelque part ce soir.

Près du Vieil Elbœuf, un écriteau « Chambres meublées à louer » pendait au mur d'une maison basse, pauvre, étranglée entre le Bonheur des Dames et un hôtel fermé.

Elle reconnut la boutique de parapluies du vieux Bourras. Il se tenait sur le seuil, chevelu et barbu comme un prophète. Locataire de la maison, il sous-louait des chambres pour diminuer son loyer. Denise vint vers lui :

– Vous avez une chambre, monsieur ?

Il la regarda avec surprise :

– Ce n'est pas fait pour vous !

Elle insista :

– Combien la louez-vous ?

– Quinze francs par mois.

Elle lui expliqua son départ du Bonheur des Dames et sa brouille [2] avec son oncle Baudu. Il soupira, alla chercher une clef. Ils montèrent un escalier noir et humide. La chambre était minuscule : un lit, une petite commode, une table, deux chaises et, dans la cheminée, un fourneau en terre pour faire un peu de cuisine.

– Ce n'est pas riche, dit le vieux Bourras, mais la fenêtre est gaie. On voit les gens dans la rue.

– Je serai très bien, dit Denise.

Elle paya un mois d'avance, envoya un commissionnaire [3] chercher sa malle et, une heure après, elle était installée.

---

1. Désemparée : perdue.
2. Brouille : dispute.
3. Commissionnaire : celui qui transporte les colis.

Ce furent deux mois terribles. Elle ne pouvait plus payer la pension de Pépé. Elle le reprit. Il couchait sur un fauteuil prêté par Bourras. Elle ne trouvait de travail nulle part. Partout c'était la morte-saison*. On lui disait : «Revenez à l'automne.» Mais d'ici là, comment vivre ?

Pourquoi n'avait-elle pas un amant ? Elle aurait de l'argent, des robes, une belle chambre. Sa misère finirait. Plusieurs fois des hommes l'avaient suivie.

Elle s'interrogeait : quelle tendresse pour quel homme lui donnait le courage de lutter ? Elle ne pensait plus à Hutin qu'avec gêne et dégoût. À Deloche avec amitié, seulement. Un soir, très rouge, il lui avait proposé de lui prêter trente francs. L'affection désespérée qu'il lui portait la touchait.

Un après-midi, Colomban vint frapper à sa porte. Elle crut d'abord que l'oncle Baudu l'envoyait, qu'il lui pardonnait, lui ouvrait de nouveau sa maison. Elle se trompait. Colomban venait pour parler de Clara. Il en était amoureux fou et tout ce que put dire Denise pour le détourner de cette fille fut inutile. Elle pensait à Geneviève, sa cousine, et elle eut du chagrin.

Et puis, un soir, Pépé tomba malade, un gros rhume inquiétant. Il aurait fallu le nourrir, et elle n'avait même pas de pain. Alors, vaincue, elle se mit à sangloter.

Le vieux Bourras frappa doucement :

– Voilà pour le petit, dit-il (il tendait un bol de soupe). Et venez demain me parler. J'ai du travail pour vous.

Bourras n'avait plus d'ouvrières pour l'aider à faire les parapluies depuis que le Bonheur des Dames avait ouvert un rayon de cet article. Ses clients le quittaient, attirés par des prix plus avantageux. Comme tous les autres petits commerces

Comme tous les petits commerces, il finirait par disparaître.

du quartier, il finirait par disparaître. Il le savait mais il luttait.

Il installa Denise dans un coin de sa boutique et, pour elle, inventa du travail. Le vieux Bourras était un vrai artiste. Il sculptait chaque manche de parapluie avec une fantaisie charmante : des fleurs, des fruits, des animaux... Pépé, installé lui aussi dans la boutique, le regardait travailler avec passion.

Bourras avait des colères terribles contre Mouret.

– Il m'a offert trente mille francs pour que je m'en aille. J'ai refusé. Même s'il achète la maison, je ne partirai pas !

Elle essayait doucement de le raisonner. Sans résultat. Alors elle se taisait. Mais elle pensait sans cesse au Bonheur des Dames avec des regrets, malgré ce qu'elle avait dû supporter. Cette nouvelle forme de commerce lui plaisait. Elle comprenait Mouret.

En janvier, grâce à Deloche, elle trouva enfin un emploi de vendeuse. Chez ce M. Robineau qui avait acheté le magasin de Vinçard et qu'elle avait rencontré le jour de son arrivée à Paris. Il la payait peu, soixante francs par mois, et nourrie seulement, mais elle était heureuse.

Mme Robineau était une toute jeune femme. Sa dot avait payé le magasin. Son mari et elle s'adoraient. Il avait été autrefois employé au Bonheur des Dames, et renvoyé brutalement à la suite d'un complot d'employés. Il en gardait rancune à Mouret et tentait lui aussi d'agrandir son commerce de nouveautés. Mais il avait peur de ne pas réussir et de perdre l'argent de sa femme. Lutter contre le Bonheur des Dames était impossible. Denise n'osait pas en discuter avec lui. Avec angoisse, elle le voyait glisser chaque jour sur la pente de la faillite*. Elle tremblait pour ce ménage charmant qu'elle aimait. Elle sentait la puissance des nouveaux magasins. Cette force qui transformait Paris la passionnait.

Elle changeait. Une grâce lui venait. Elle n'avait plus rien de la jeune fille timide et sauvage débarquée de Valognes.

Lorsqu'elle sortait de son travail, elle prenait Pépé chez le vieux Bourras et allait se promener au jardin des Tuileries avec l'enfant.

Juillet était très chaud. Un soir qu'elle marchait sous les marronniers [1], elle aperçut Mouret. Il se rendait à pied chez Mme Desforges qui habitait près de là. Il vit Denise, la reconnut, s'arrêta.

– C'est votre frère, n'est-ce pas ? dit-il en regardant Pépé.

Elle rougit en songeant aux inventions méchantes de Clara. Mouret le comprit et dit vivement :

– J'ai des excuses à vous présenter pour l'erreur qui a été commise. On vous a accusée à tort. Je sais votre tendresse pour vos frères.

Le trouble de Denise avait augmenté mais la joie inondait son cœur. Lui la croyait.

– Naturellement, si vous désirez rentrer chez nous.

– Monsieur, je ne puis pas. Je vous remercie. J'ai trouvé ailleurs.

Il le savait et il parla aimablement de Robineau. Un garçon intelligent mais trop nerveux, et qui allait vers la catastrophe. Denise parla à son tour des grands magasins. Elle avait des idées intéressantes, qu'il écoutait, étonné. Elle était troublante, si raisonnable avec ses beaux cheveux et cet air nouveau de femme.

– Puisque vous êtes des nôtres, dit-il en riant, pourquoi restez-vous chez nos adversaires ? Ne logez-vous pas chez ce vieux fou de Bourras ?

Il savait donc cela aussi !

---

1. Marronnier : arbre qui porte de petits fruits bruns nommés marrons.

Elle défendit le vieux fabricant de parapluies.

– Je lui offre une fortune et il refuse ! Tenez, j'augmente encore mon offre. Je lui propose quatre-vingt mille francs. Dites-le-lui. S'il a de l'amitié pour vous, il vous écoutera peut-être.

– Soit, dit Denise en souriant. Mais je doute de réussir.

Ils se quittèrent. Le vieux Bourras refusa l'offre de Mouret. Il savait qu'il aurait dû accepter. Sa maison était vendue, l'hôtel voisin aussi, et sa démolition commençait. Mais sa haine était trop forte. Comme Denise essayait de le raisonner, la porte s'ouvrit et son oncle Baudu entra.

Il parut d'abord ne pas voir Denise qui s'était levée, toute pâle. Il avait vieilli et semblait fatigué.

– Denise, dit-il après un long silence, viens demain manger la soupe avec le petit. Ma femme et Geneviève m'ont dit de t'inviter si je te rencontrais.

Elle devint très rouge et l'embrassa.

Bourras, heureux de cette réconciliation, cria :

– Elle est du côté de ces brigands, mais elle a du bon ! Moi, la maison peut crouler, on me trouvera sous les pierres !

– Nos maisons croulent déjà, voisin, dit Baudu d'un air sombre. Nous y resterons [1] tous.

Chapitre VI

Le lendemain, Denise se rendit avec Pépé chez l'oncle Baudu. Il était devant la porte. Il regardait les nouveaux travaux d'agrandissements du Bonheur des Dames. Car le baron Hartmann avait tenu parole [2] et il avait aidé Mouret à acheter toutes les

1. Y rester : périr, mourir.
2. Tenir parole : faire ce que l'on a promis.

maisons autour du magasin. Tout le quartier en était bouleversé. Une armée d'ouvriers travaillait dans des nuages de plâtre. Seule l'étroite masure [1] du vieux Bourras, le marchand de parapluies, restait intacte entre les hauts murs couverts de maçons.

– Tu as vu ? dit Baudu à sa nièce. Il a maintenant mille employés et vingt-huit rayons ! Un rayon de meubles, un rayon d'articles de Paris ! Il finira par vendre du poisson ! Me vois-tu ajouter un rayon de casseroles à mon commerce de draps ?

Denise préféra ne pas répondre. Elle savait qu'elle ne le convaincrait pas. Mais jamais la boutique du Vieil Elbœuf ne lui avait paru plus sombre, plus déserte. La poussière envahissait les comptoirs presque vides.

Geneviève et sa mère se tenaient immobiles près de la caisse. Aucun client ne venait les déranger.

– Bonsoir, ma tante, dit Denise. Je suis heureuse de vous revoir. Et vous aussi ma cousine.

Elles s'embrassèrent. La réconciliation était totale.

Ils passèrent à table. Colomban et Geneviève étaient côte à côte, comme d'habitude. Colomban était désormais le seul employé.

– Regarde-les ! dit Baudu, demande-leur s'ils l'aiment ton Bonheur des Dames. Il a encore fallu attendre pour les marier. Le commerce va si mal !

– C'est vrai, dit Geneviève, je ne peux pas les aimer, ma cousine. Mais tout le monde ne les déteste pas !

Elle regardait Colomban.

Le déjeuner fini, ils sortirent de table. Geneviève resta seule avec Denise. Soudain, Geneviève se mit à pleurer.

– Mon Dieu ! s'écria Denise bouleversée, qu'avez-vous ?

---

1. Masure : vieille maison, petite et misérable.

– Dites-moi la vérité, il l'aime ?

Denise fit semblant de ne pas comprendre.

– Qui donc ?

– Ne mentez pas je vous en prie. Cette femme travaillait avec vous au rayon des confections. J'ai vu Colomban vous parler à voix basse. D'elle, n'est-ce pas ?

Denise murmura :

– C'est vous qu'il aime !

Geneviève eut un geste de désespoir :

– Vous ne voulez rien dire. Mais je les ai vus. Il sort tout le temps sur le trottoir pour la regarder. Ils doivent se retrouver dehors !

– Ça non, je vous le jure !

Geneviève eut un faible sourire :

– Je voudrais un verre d'eau. J'ai toujours soif, même la nuit. Je ne vais pas bien. J'ai beaucoup maigri. Vous comprenez Colomban et moi... Cela fait si longtemps... Et maintenant il veut s'en aller avec une autre... Je souffre... Ça me tue.

– Est-ce que ma tante se doute de quelque chose ?

– Maman, oui. Elle est inquiète. Papa est trop occupé du magasin qui va mal. Il ne voit pas la peine qu'il me cause en reculant sans cesse notre mariage. Denise s'efforça de la consoler. Elles rentrèrent dans la boutique et la soirée continua, triste et lente, sans aucun client.

Des mois passèrent. Denise venait chaque jour voir Geneviève. La tristesse augmentait chez les Baudu. Les travaux pour l'agrandissement du Bonheur des Dames se poursuivaient. Le bruit des pioches et des marteaux, la trépidation [1] des machines, le grincement des treuils [2] étaient assourdissants. Et le plâtre volait au vent, entrait partout.

---

1. Trépidation : tremblement.
2. Treuils : appareils pour lever ou charger.

En septembre, l'architecte décida de continuer à travailler même la nuit. Il devint impossible de dormir.

Chaque fois que le Bonheur des Dames créait un nouveau rayon, une boutique du quartier fermait, la lingère, le gantier, le fourreur, le bonnetier...

Lorsque les mille employés entraient et sortaient, les trottoirs étaient encombrés. Les boutiquiers, devant leur porte, les regardait passer, songeant à l'unique commis qu'ils ne savaient comment nourrir...

Quarante millions de francs d'affaires... C'était le chiffre du dernier inventaire. Sans doute le bénéfice était moindre, mais ce Mouret avait commencé avec cinq cent mille francs... Chacun se le répétait.

Pour la première fois, au Vieil Elbœuf, il fallut s'endetter. Baudu vendit sa maison de campagne de Rambouillet. À Mme Aurélie... Il en fut très malheureux.

Ce soir-là, dans leur chambre, Mme Baudu dit à son mari :

– As-tu remarqué ta fille ? Elle est pâle, elle m'inquiète.

Baudu regarda sa femme avec surprise :

– Elle est malade ? Il faut faire venir le médecin !

Mme Baudu se tut, puis dit :

– Ce mariage avec Colomban, il vaudrait mieux en finir.

Il réfléchit :

– Bon. Je parlerai à Colomban.

Il le fit dès le lendemain.

– Tu sais que j'ai vendu ma maison de Rambouillet. Cela va permettre au commerce de repartir. Le Vieil Elbœuf est un bien de famille. Je voulais vous le donner tel que je l'ai reçu, même mieux. Aussi je reculais la date de votre mariage avec l'espoir que la situation serait meilleure. Je ne voulais pas vous voler, vous laisser dans l'embarras...

Il était très ému ; il demanda :

– Tu ne dis rien ?

Colomban se taisait. Il comprenait ce qu'espérait Baudu. Qu'il dise : «J'épouse Geneviève quand même.» Et ça, Colomban ne le voulait pas. Il ne le pouvait pas. Il ne pouvait plus penser qu'à Clara.

Baudu reprit avec peine :

– Je ne désire que votre bonheur, mais je ne veux pas aller contre ma conscience. Vous laisser une mauvaise affaire serait un tour de coquin. Il va falloir reculer encore votre mariage. Si je vous cédais le magasin à présent, vous me le reprocheriez plus tard...

Il parlait d'une voix faible, cherchait ses mots. Il attendait de Colomban un cri du cœur qui ne venait pas. Puis il eut honte. Sa vieille honnêteté de boutiquier reparut. S'il fallait lutter encore, il lutterait avec ses enfants.

– Embrasse-moi, dit-il à Colomban soulagé. Nous reparlerons du mariage dans un an !

Le soir, Mme Baudu demanda :

– Alors, à quand le mariage ?

– Plus tard. Maintenant ce ne serait pas honnête.

Elle demeura immobile et dit seulement :

– Notre fille en mourra.

Baudu haussa les épaules :

– C'est incroyable ! Colomban reste là ! Personne ne le lui volera !

Elle se tut. Elle n'osa pas parler à son mari des craintes qu'elle avait à ce sujet.

De son côté, Denise avait compris que les Robineau, dont le commerce marchait de plus en plus mal, ne savaient comment la congédier [1].

---

1. Congédier : renvoyer.

Mouret lui avait offert de revenir au Bonheur des Dames. Elle accepta. Elle rentrait avec mille francs d'appointement. Le vieux Bourras, d'émotion, tomba sur une chaise.

– Vous aussi ! Mille francs ne se refusent pas ! Partez ! Je resterai seul ! Moi, je ne plierai pas !

En apprenant la nouvelle de son retour, Deloche fut heureux. Il vint le lui dire et lui raconta gaiement les histoires du magasin.

– Ces dames des confections font une figure [1] ! Vous vous souvenez de Clara ? Eh bien... le patron et elle...

Il s'arrêta, rougit. Denise était devenue pâle :

– M. Mouret et Clara !

– Curieux goût, n'est-ce pas ? Une femme qui ressemble à un cheval ! La petite lingère de l'an dernier était gentille, elle. Enfin, ça le regarde !

Denise rentra chez elle et se mit à pleurer. Sans motif, pensait-elle. La fatigue... l'émotion de revenir au Bonheur des Dames... une angoisse aussi...

Le lendemain, en passant devant le Vieil Elbœuf, elle vit Colomban. Il était seul. Elle entra, dit à voix basse :

– Je voulais vous parler. Vous ne voyez pas que Geneviève vous aime et qu'elle en mourra ?

– Mais elle n'est pas malade ! Vous exagérez ! C'est son père qui recule le mariage.

Il était sincère, ne s'était aperçu de rien. Denise reprit avec colère :

– Vous la faites souffrir, et pour qui ? Une fille qui va avec tout le monde, qui se moquera de vous ! Elle est avec M. Mouret à présent !

Il était très pâle. Il murmura :

– Je l'aime.

– Taisez-vous, dit-elle vivement.

---

1. Faire une figure : être mécontent.

Il était trop tard. Geneviève avait entendu. Denise alla vers elle, lui dit à l'oreille.

– Il vous aime.

– Pourquoi mentez-vous ?

Elle leva les yeux vers l'autre côté de la rue, vers le Bonheur des Dames :

– Ils me l'ont volé. Comme ils nous volent tout !

Denise avait pitié d'elle. Un instant elle eut peur d'être mauvaise. N'allait-elle pas travailler à écraser tous ces malheureux ? Mais une force l'emportait.

En face, les travaux s'achevaient. Les murs blancs, les vitrines claires brillaient au soleil. Baudu s'approcha de sa nièce :

– Toi aussi, ils t'ont reprise. Je ne t'en veux pas. Puisqu'ils ont l'argent, ils sont les plus forts !

*C*hapitre VII

Le Bonheur des Dames inaugura ses magasins neufs le lundi 14 mars. Il y avait désormais trente-neuf rayons et mille huit cents employés, dont deux cents femmes.

C'était bien la « cathédrale » dont Mouret avait parlé au baron Hartmann. La cathédrale du commerce moderne aux nefs métalliques faite pour séduire les femmes, les obliger à acheter. Il y avait des ascenseurs, un buffet où l'on donnait sirops et biscuits, un salon de lecture où se reposer. Mouret avait même créé, pour conquérir les mères de famille, des rayons pour petits garçons et fillettes. On y donnait des images et des ballons qui portaient en grosses lettres le nom du magasin, promenant par les rues une réclame* vivante.

Mouret avait compris l'importance de la publicité. Catalogues* illustrés, annonces, affiches, il ne négligeait rien. Il voulait que le nom du Bonheur des Dames saute aux yeux de tous. Pour les aménagements intérieurs, il avait tout bouleversé à la veille de l'inauguration. Bourdoncle, inquiet, car une heure avant l'ouverture rien n'était encore terminé, demanda :

– Était-ce bien nécessaire de tout mélanger ainsi ? Les clientes vont se perdre et les employés s'épuiseront à les conduire d'un rayon à l'autre. Si elles veulent acheter une doublure* après avoir acheté l'étoffe d'une robe, il leur faudra aller d'un bout à l'autre du magasin !

– Et ainsi elles le verront ! fit en riant Mouret. Elles seront obligées de traverser des rayons où elles n'auraient jamais été. Elles seront tentées et succomberont ! Quant aux employés, s'ils se promènent, ils auront l'air plus nombreux !

Bourdoncle finit par rire. Denise arrivait et resta surprise devant ces changements. Elle était rentrée au Bonheur des Dames depuis déjà deux mois. Elle y avait retrouvé des vendeuses devenues polies. Mme Aurélie était aimable et l'inspecteur Jouve bien embarrassé. Seul Deloche la regardait avec une tristesse bizarre, et Pauline souriait de façon inexplicable. Elle lui avait longuement parlé des amours de Mouret et de Clara, et aussi d'une autre maîtresse, une femme du monde, Mme Desforges, bien connue au magasin.

En face de Mouret, Denise éprouvait toujours le même malaise. Ce matin-là en le voyant, elle rougit.

– Que cherchez-vous donc, mademoiselle ? demanda-t-il d'un air amusé en voyant son étonnement.

– On ne reconnaît plus rien, murmura-t-elle.

Il s'approcha, lui dit à voix basse :

– Ce soir après la vente, venez dans mon bureau. Je désire vous parler.

Troublée, elle inclina la tête sans dire un mot. Bourdoncle avait entendu Mouret. Lorsqu'ils furent seuls, il dit :

– Encore elle ! Ça finira par être sérieux. Méfiez-vous !

– La femme qui me prendra n'est pas née, mon cher !

Bourdoncle hocha la tête. Cette Denise simple et douce l'inquiétait. Son renvoi brutal n'avait servi à rien.

On ouvrit enfin les portes. Et ce fut la ruée [1] ! Des ménagères, des petites-bourgeoises, des femmes en bonnet se poussaient, se pressaient autour des tissus, des bas, des jupons.

Toute la matinée cette bousculade augmenta. Vers une heure il y avait des queues et la rue était barrée comme en temps d'émeute.

Quand Mme Desforges arriva, elle faillit laisser son manteau dans la foule. Elle traversa le premier hall, leva les yeux. Sous la lumière blanche des vitres, le fer des escaliers, des rampes, des ponts reliant les étages faisait une dentelle compliquée et moderne. Elle connaissait la nouvelle installation et pourtant elle s'arrêta, saisie par la vie qui animait cette immense nef, la foule, les ballons des enfants, les glaces, les lustres [2].

– Comment, madame, vous êtes venue dans cette foule ? s'écria gaiement Bouthemont, un chef de comptoir que Mouret amenait parfois avec lui prendre le thé chez Mme Desforges.

C'était un bon garçon toujours de bonne humeur. Il amusait Mme Desforges. L'avant-veille il avait raconté sans se méfier, plutôt par bêtise, les amours de Mouret et de Clara.

---

1. Ruée : foule qui se presse au même endroit.
2. Lustres : grosses lampes qui pendent au plafond.

On ouvrit les portes et ce fut la ruée.

Mme Desforges avait souri, mais elle était blessée et jalouse. Elle était venue ce jour-là moins pour voir les nouveaux magasins que pour découvrir cette fille, une demoiselle des confections, avait-il dit sans vouloir la nommer.

Elle tenta de savoir et dit :

– Je vais monter aux confections voir les manteaux.

Elle baissa un peu la voix :

– Est-elle blonde la demoiselle dont vous m'avez parlé ?

Le chef de rayon, inquiet, sourit sans rien dire. Il avait peur d'en avoir trop dit.

– Quelqu'un va vous conduire au rayon, madame. Voici justement une vendeuse des confections.

C'était Denise. Elle passait. Il l'arrêta.

Mme Desforges la regardait. Elle la reconnut :

– Dites-moi, fit-elle tout bas, cette fille si maladroite, il l'a reprise ? Mais c'est elle l'héroïne de l'aventure !

– Peut-être, répondit le chef de rayon, souriant toujours et bien décidé à ne pas dire la vérité !

Mme Desforges suivit Denise et monta lentement l'escalier. La foule était très grande. Elles avançaient difficilement. Elles arrivèrent enfin au rayon des confections. Là aussi il y avait beaucoup de clientes.

Denise offrit une chaise à Mme Desforges et demanda :

– Est-ce un manteau de voyage que madame désire ?

– Oui, répondit sèchement Mme Desforges.

Elle se vit dans une glace. Elle vieillissait. Mouret lui préférait la première fille rencontrée !

Denise montra des manteaux. Mme Desforges les refusa tous. Avec des paroles désagréables.

– Montrez-m'en d'autres !

Patiemment, Denise alla chercher d'autres manteaux. Mme Desforges, de nouveau, les refusa. La patience de Denise exaspérait Mme Desforges. Elle s'efforçait d'attirer l'attention de Mme Aurélie pour faire punir Denise.

Mais Mme Aurélie, depuis le retour de Denise, se montrait aimable envers la jeune fille. Elle voyait que c'était une bonne vendeuse. Et Mouret la protégeait... Aussi elle n'intervint pas.

Denise apportait encore de nouveaux manteaux. Mme Desforges les refusait avec des mots de plus en plus désagréables. Elle finit par crier :

– Vous n'avez donc rien !

Une main se posa sur son épaule. C'était une de ses amies.

– Vous achetez un manteau de voyage ?

– Non. Ils sont affreux !

– Pas tous ! Je viens d'en acheter un !

Clara le lui avait vendu, et l'amie dit tout bas à Mme Desforges en désignant du regard la vendeuse :

– Le dernier caprice de M. Mouret.

Mme Desforges regarda Clara avec surprise, puis Denise, et répondit :

– Mais non... celle-ci. Oh, et puis les deux peut-être ! Toutes celles qui veulent !

Denise avait entendu. Il y avait un grand mépris dans la voix de Mme Desforges. La jeune fille avait compris dès le début que cette dame était l'amie de Mouret dont Pauline lui avait parlé. Mais pourquoi la blessait-elle ? Que lui avait-elle fait ? Elle leva sur Henriette Desforges des yeux si tristes, si innocents qu'Henriette fut gênée.

– Conduisez-moi aux robes puisque aucun manteau ne me plaît, ordonna-t-elle.

– Je viens avec vous, dit l'amie.

C'était à l'autre bout du magasin. Un véritable voyage au milieu de cette foule de clientes. Les deux dames s'arrêtaient presque à chaque comptoir et, patiemment, Denise attendait qu'elles aient fini de regarder. Mme Desforges semblait heureuse de s'attarder ici et là.

Enfin on arriva aux robes, et Denise appela une des vendeuses. Mais Mme Desforges avait changé d'avis :

– Non, je ne veux plus de robe. Je prendrai le manteau de voyage gris. Revenons à votre rayon.

Denise resta calme, souriante. Elle sentait bien que Mme Desforges voulait l'humilier, la traiter comme une servante. Malgré sa révolte, elle se tut.

La course recommença à travers le magasin. Ces dames rencontraient des amies, échangeaient leurs impressions sur les nouveaux rayons. Elles aperçurent Mouret. Il vint vers elles. Il affecta de ne pas voir Denise. Mais Mme Desforges sentit qu'elle ne s'était pas trompée et sa jalousie augmenta.

Elles revinrent aux confections, Henriette acheta le manteau et rentra chez elle. Elle cherchait comment amener Denise à venir chez elle. L'humilier en présence de Mouret. Pour être certaine qu'ils s'aimaient.

Le soir vint. Denise était épuisée. Elle avait oublié que Mouret l'attendait dans son bureau. Elle dînait. Un garçon de service l'appela :

– Mademoiselle, on vous demande à la direction.

Elle y alla. Mouret l'attendait, debout. En entrant, elle laissa la porte ouverte.

– Je suis content de vous. Je veux vous montrer ma satisfaction. La seconde de Mme Aurélie part. Vous la remplacerez dès demain.

Denise écoutait, immobile, saisie. Elle murmura :

– Mais, monsieur, il y a des vendeuses plus anciennes que moi, au rayon.

– Qu'est-ce que cela fait ? Vous êtes la plus capable, la plus sérieuse. Je vous choisis, c'est naturel. N'êtes-vous pas contente ?

Elle rougit. Elle était heureuse et embarrassée. Qu'allait-on dire encore ? Une telle faveur...

Il la regardait en souriant. Dans sa robe de soie toute simple, sans un bijou, avec le seul luxe de sa chevelure royale, elle avait un charme délicat.

– Vous êtes très bon, monsieur, murmura-t-elle, je ne sais comment vous dire...

Elle s'interrompit. Le caissier principal arrivait. Et, derrière lui, un commis portait des sacs de billets.

– Cinq cent quatre-vingt-sept mille deux cent dix francs !

La recette de la journée, la plus forte que le Bonheur des Dames ait faite.

– C'est superbe ! dit Mouret enchanté. Mettez ça sur mon bureau. Oui, tout. Je veux voir le tas !

Il avait une gaieté d'enfant. Les pièces d'or, d'argent, de cuivre, les billets de banque couvraient le grand bureau.

Le caissier et le commis s'en allèrent. Mouret resta un moment immobile face à cette fortune ramassée en dix heures. Puis il leva la tête, vit Denise qui s'était écartée. Il se remit à sourire, la fit s'avancer, dit en plaisantant :

– Prenez autant de pièces que vous pourrez tenir dans votre main. Je vous les donne ! Il n'y en aura pas beaucoup. Elle est si petite !

Sous la plaisanterie, il y avait un marché. Elle le sentit. Elle comprit brusquement qu'il la désirait. Il se rapprochait. Elle sentait son cœur battre. Cela la bouleversait. Elle se recula. Soudain Bourdoncle parut. Il venait dire qu'il était entré ce jour-là soixante-dix mille clientes au Bonheur des Dames. Énorme chiffre.

Denise se hâta de sortir après avoir de nouveau remercié Mouret.

Chapitre VIII

Le premier dimanche d'août, on faisait l'inventaire*. Il devait être fini le soir même. Les employés travaillaient comme un jour de semaine. Mais les portes du magasin étaient fermées et il n'y avait pas de clientes.

Denise n'était pas descendue, à huit heures, avec les autres. Elle souffrait d'une entorse [1]. Elle essayait de se chausser car elle voulait venir au rayon.

Les nouvelles chambres des employées n'étaient plus sous les toits. Elles étaient plus confortables. Denise avait mis des roses dans un vase. Elle pouvait maintenant se les offrir. Elle gagnait assez d'argent.

Une fois chaussée, elle marcha en boitant encore un peu, mais cela pouvait aller. On frappa à la porte. Une employée lui donna une lettre, d'un air de mystère.

Denise, étonnée, ouvrit la lettre et s'assit : c'était une lettre de Mouret. Il l'invitait à dîner le soir avec lui puisque l'entorse l'empêchait de sortir.

Le ton était familier et paternel, rien de blessant. Mais au Bonheur des Dames, tous connaissaient le sens de ces invitations.

Le cœur de Denise battait à grands coups. Elle savait à présent qu'elle aimait Mouret. Sa peur devant lui n'avait pas d'autre raison. Elle l'avait aimé dès le premier jour. Son admiration pour Hutin n'était qu'un masque de cet amour.

Soudain, on frappa. Elle cacha la lettre. Pauline entra.

– Comment allez-vous ? On ne se voit plus !

---

1. Entorse : foulure d'un muscle du pied.

Denise aimait beaucoup Pauline. Elle se confiait volontiers à elle.

– Mon pied va mieux. Je descendais.

Pauline observait la jeune fille :

– Qu'avez-vous ? demanda-t-elle vivement.

– Mais rien.

– Si, si, vous avez quelque chose ! Vous vous méfiez de moi ? Vous ne me dites plus vos chagrins ?

Denise tendit la lettre de Mouret à Pauline :

– Il vient de m'écrire.

Jamais encore elles n'avaient parlé ouvertement de Mouret.

Pauline lut la lettre puis elle murmura :

– Je croyais que c'était fait. Tout le magasin le croit comme moi ! Il vous a nommée seconde si vite ! Et il est fou de vous, ça crève les yeux ! Vous irez ce soir ?

Denise la regardait. Elle ne répondait pas. Elle éclata brusquement en sanglots. Pauline était surprise :

– Calmez-vous !

– Laissez-moi pleurer, ça me soulage ! J'ai tant de peine depuis que j'ai reçu cette lettre !

– Mais il ne voit plus Clara, et cette dame du dehors, Mme Desforges, rien ne dit qu'elle et lui... Il a tant d'argent, et après tout, il est le maître !

Denise revoyait Mme Desforges la promenant dans le magasin avec son mépris de femme riche. Et elle souffrait.

– Vous iriez, vous ? demanda-t-elle à Pauline.

– Sans doute ! Peut-on faire autrement ?

Elle réfléchit :

– Enfin, autrefois, pas maintenant. Je vais me marier avec Baugé et ce serait mal !

Baugé était entré depuis peu au Bonheur des Dames et ils allaient se marier à la fin du mois. Bourdoncle n'aimait pas les ménages d'employés.

Mais ils avaient eu l'autorisation de Mouret. Ils espéraient même avoir un congé de quinze jours.

– Vous voyez bien, dit Denise. Quand un homme vous aime, il vous épouse. Baugé vous épouse !

Pauline rit :

– Mais, ma chérie, Baugé m'épouse... parce que c'est Baugé. Il est mon égal. Tandis que M. Mouret ! Est-ce que M. Mouret peut épouser ses vendeuses ?

– Oh non ! cria Denise. C'est pourquoi il n'aurait pas dû m'écrire.

Et elle se remit à sangloter. Pauline s'assit près d'elle :

– Soyez raisonnable ! Pourquoi refuser ? Vous n'êtes pas amoureuse d'un autre ! Est-ce si terrible ?

On entendit un bruit de pas dans le couloir :

– Je vous laisse !

Elle partit rapidement. Mme Aurélie frappa à la porte peu après :

– Comment ? Vous êtes levée ? Je venais prendre de vos nouvelles et vous dire que nous n'avons pas besoin de vous pour l'inventaire. Reposez-vous !

– Je ne me fatiguerai pas, madame. Vous m'installerez sur une chaise. Je travaillerai aux écritures.

Toutes deux descendirent. Mme Aurélie montrait à la jeune fille une brusque tendresse. Sans doute obéissait-elle aux ordres de Mouret. Mais le charme et la douceur de Denise avaient fini par l'emporter. Elle n'était plus ni sévère ni injuste. Elle commençait à aimer Denise.

Les vendeuses elles aussi avaient changé. Sauf Clara. Elle avait espéré être nommée seconde à la suite de ses amours avec Mouret. Elle était furieuse et jalouse. Elle seule appelait encore Denise «la mal peignée». Les autres la faisaient taire.

Dans tout le magasin, l'inventaire était commencé. À chaque rayon, penchés sur de grandes feuilles de papiers, des commis notaient. Denise s'assit devant une table. Trois vendeuses vidaient les armoires, trois autres classaient les vêtements, en faisaient des tas. Au fur et à mesure elles annonçaient :

– Cinq manteaux draps garnis fourrures, troisième grandeur à deux cent quarante ! Quatre première grandeur, etc.

Deux commis aux écritures notaient.

Mᵐᵉ Aurélie, aidée d'autres vendeuses, dénombrait les vêtements de soie. Denise les notait.

Les chiffres volaient, les paquets de vêtements pleuvaient sur les tables, s'éboulaient[1], jonchaient le tapis. Tout cela au milieu des bavardages, du bruit venu de tous les rayons, où les mêmes scènes s'y déroulaient.

Et la même nouvelle circulait : chacun savait déjà que Mouret avait écrit le matin pour inviter Denise à dîner.

L'indiscrétion venait de Pauline. En redescendant, elle avait rencontré Deloche et n'avait pu s'empêcher de lui en parler. Elle aimait bien Deloche. Elle trouvait ridicule qu'il s'entête à aimer Denise qui jamais ne l'aimerait. Ridicule aussi qu'il l'approuve de résister à Mouret.

– C'est une chance pour elle, voyons !

Sans le convaincre. Mais un autre vendeur du rayon avait entendu. Il le raconta. En moins de dix minutes, l'histoire fit le tour du magasin.

On en parla surtout pendant le repas. Les employés mangeaient dans un immense réfectoire. Il y avait cinq cents couverts et trois services. La cuisine était une pièce énorme, les marmites géantes. Les cuisiniers montaient sur des échelles de fer pour surveiller le haut des pots. Les éviers[2] étaient

---

1. S'éboulaient : tombaient.
2. Éviers : endroits faits pour laver la vaisselle.

larges comme des piscines. Des aides de cuisine traînaient de petites voitures pleines de salades épluchées [1]. Il fallait servir deux mille déjeuners et deux mille dîners. En un jour, seize hectolitres de pommes de terre, soixante kilos de beurre, six cents kilos de viande et, à chaque repas, sept cents litres de vin...

La nourriture était meilleure qu'autrefois. Et s'il n'y avait pas de nappes, les tables étaient en acajou [2]. Le réfectoire, au début en sous-sol, ouvrait à présent sur la rue. On pouvait aérer. Il faisait très chaud ce jour d'août.

– Nous enfermer un dimanche ! Par un si beau temps ! grogna un des vendeurs. À propos, vous savez qu'il l'a invitée à dîner. S'il ne l'a pas eue, il va l'avoir ! Et il ne sera pas le premier !

Deloche était à la même table. Il était pâle.

– Oui, insista le vendeur. N'importe qui, pour cent sous !

– Sale menteur ! cria Deloche.

Et il lui jeta son verre de vin à la figure.

Ce fut un scandale. Mais un inspecteur arrivait. Tous se turent. Un peu plus tard, Deloche rencontra Denise. Elle parlait avec Pauline. Il voulut s'excuser auprès de Denise. Il le fit si maladroitement qu'elle comprit pourquoi on chuchotait derrière elle depuis le matin. Pauline était rouge et embarrassée :

– Je ne savais pas qu'on m'écoutait. Laissez-les causer ! Ils enragent [3] tous !

– Je ne vous en veux pas, dit Denise. Vous n'avez raconté que la vérité. J'ai reçu une lettre. C'est à moi d'y répondre.

---

1. Éplucher : enlever la peau d'un fruit ou détacher les feuilles d'une salade.
2. Acajou : bois brun, dur et brillant.
3. Enrager : très en colère. Ici : être jaloux.

Deloche crut qu'elle acceptait le rendez-vous. Il partit désolé.

L'après-midi, Mme Aurélie emmena Denise avec elle pour le travail de contrôle dans un bureau spécial, à une des extrémités du rayon. Il fallait vérifier chaque liste. La porte était restée ouverte.

Soudain Mouret parut. Il entra dans le petit bureau, demanda à voir les listes. Denise les lui donna avec calme. Le silence régnait. Mouret semblait vérifier les chiffres. Mme Aurélie cherchait un moyen de les laisser seuls. Une vendeuse l'appela. Elle sortit.

Mouret posa les listes sur la table, demanda à mi-voix :

– Vous viendrez ce soir ?

– Non, monsieur. Je ne pourrai pas. Je dois dîner chez mon oncle avec mes frères.

– Mais votre pied... Vous marchez trop difficilement.

– J'irai bien jusque-là. Je me sens beaucoup mieux depuis ce matin.

Il était devenu pâle devant ce refus tranquille.

– Voyons, si je vous priais...

– Je vous remercie, monsieur. Mais c'est impossible. Mes frères m'attendent ce soir.

Il y eut un silence.

– Alors, quand viendrez-vous ? Demain ?

La question troubla Denise. Elle perdit son calme :

– Je ne sais pas, murmura-t-elle. Je ne peux pas...

Il sourit, il essaya de lui prendre la main. Elle la retira :

– De quoi avez-vous peur ?

Elle le regarda bien en face :

– Je n'ai peur de rien, monsieur. On fait seulement ce qu'on veut faire, n'est-ce pas ? Moi je ne veux pas, voilà tout !

Un craquement la surprit. Elle se retourna. La

porte jusque-là ouverte se fermait lentement. L'inspecteur Jouve qui passait par là venait de la tirer.

Denise se leva. Mouret dit à voix basse :

– Je vous aime. Vous le savez. Ne jouez pas l'ignorance. Et ne craignez rien. Vingt fois j'ai eu envie de vous appeler dans mon bureau. Nous aurions été seuls. Je n'aurais eu qu'à pousser un verrou. Je n'ai pas voulu. Je vous parle ici où chacun peut entrer. Je vous aime, Denise.

Elle l'écoutait. Elle était aussi pâle que lui :

– Pourquoi refusez-vous ? Vos frères sont une lourde charge. Tout ce que vous me demanderiez...

Elle l'interrompit :

– Merci. Je gagne maintenant plus qu'il ne me faut.

– Mais je vous offre une vie de plaisirs, de luxe. Vous n'auriez plus à travailler...

– Je m'ennuierais à ne rien faire. À dix ans déjà je travaillais.

C'était la première femme qui ne lui cédait pas. Il n'avait eu qu'à se baisser pour prendre les autres. Celle-ci disait non. Son désir s'exaspérait. Il doubla ses offres. Elle répondait toujours non. Alors il eut un cri du cœur :

– Vous ne voyez pas que je souffre !

Et il eut des larmes. Puis il lui prit les mains :

– Si je voulais, pourtant...

Elle ne retirait pas ses mains. Une chaleur l'envahissait. Comme elle l'aimait ! Comme elle aurait voulu pouvoir rester dans ses bras, contre lui.

– Je vous attends ce soir... Je le veux...

Elle se dégagea :

– Je ne suis pas une Clara ! Et vous aimez une dame qui vient ici. Restez avec elle. Je ne partage pas !

Il était stupéfait. Jamais les filles qu'il prenait au magasin ne se souciaient d'être aimées ! Il aurait dû en rire. Il était bouleversé.

– *Je vous attends ce soir... Je le veux...*

– Monsieur, dit-elle, rouvrez cette porte. Ce n'est pas convenable d'être ici ensemble.

Il obéit, rappela Mme Aurélie, se mit en colère au sujet d'un stock de vêtements. Il s'éloigna.

– Qu'a-t-il? murmura Mme Aurélie.

À la fin de la journée, elle l'aperçut, en haut du grand escalier. Il avait l'air toujours aussi mécontent. À ce moment Denise vint demander la permission de sortir pour aller dîner chez son oncle avec ses frères.

Ce fut un étonnement. Elle n'avait donc pas cédé!

Denise descendit. Au bas de l'escalier, des vendeurs riaient entre eux. Ils ne l'avaient pas aperçue:

– Allons donc! Des manières! Je connais quelqu'un qu'elle a poursuivi...

Ils regardaient Hutin. Ce dernier murmura:

– Elle m'a assez embêté, celle-là!

Comme il était lâche et comme elle le méprisait à présent!

Elle traversa le hall. Elle aperçut Mouret. Il était toujours en haut de l'escalier, dominant la galerie. Il ne voyait pas son empire, ces magasins pleins de richesses. Les victoires d'hier, la fortune de demain... Tout avait disparu. D'un regard désespéré, il suivait Denise. Quand elle eut passé la porte, la maison devint noire, il n'y eut plus rien.

Chapitre IX

Depuis un an, Mouret emmenait chez Henriette Desforges le chef du rayon de la soie, Bouthemont. Il était devenu le confident de l'un et de l'autre. Mouret commençait à se lasser de cette liaison. Au contraire, Henriette était de plus en plus amoureuse. Elle avait peur de le perdre et elle était jalouse.

Ce jour-là, Bouthemont arriva le premier au thé de quatre heures de Mme Desforges. Elle était seule.

– Eh bien, demanda-t-elle avec impatience, vient-il ? Vous savez que cette fille doit être ici à cinq heures. Je veux les mettre en présence. Il faut que je sache !

– Mais, dit Bouthemont, puisque je vous assure qu'il n'y a rien entre eux !

– Justement ! cria-t-elle. Il l'aime celle-là ! Je me moque des autres ! Toutes ces filles avec lesquelles, depuis trois mois, il se ruine parce qu'elle le repousse ! Oh, mais je me vengerai ! Je me vengerai !

Bouthemont était gêné de ces confidences. Malgré l'amitié de Mouret, il savait que sa situation était menacée au Bonheur des Dames. Depuis le dernier inventaire. Un stock considérable de soies était resté invendu. On lui reprochait de n'avoir pas su acheter. Il savait également que Mouret ne le défendrait pas face au conseil d'administration. Peut-être se reprochait-il de l'avoir introduit chez Mme Desforges.

– Pourquoi ne vous installez-vous pas à votre compte ? demanda-t-elle brusquement.

Il fut étonné et sourit :

– J'y avais songé. Il y a encore dans Paris la clientèle pour un ou deux autres grands magasins. J'avais trouvé un bon endroit, près de l'Opéra.

– Eh bien ?

Il se mit à rire :

– Il faudrait des millions. Je ne les ai pas.

– Si on les trouvait ?

Il la regarda. Était-ce une parole de femme jalouse ? Il ne put poser de questions. On sonnait. Mouret arriva.

– Comme vous devenez rare ! dit Henriette.

Il eut un geste vague.

– Je croyais trouver le baron Hartmann.

Henriette pâlit. Elle savait qu'il venait chez elle uniquement pour y rencontrer le baron. Mais lui jeter ainsi son indifférence à la figure...

Un domestique entra, se pencha :

– La demoiselle est là, pour le manteau.

– Qu'elle attende dans l'antichambre !

Elle reprit tranquillement sa conversation. Deux de ses amies arrivèrent. L'une d'elles demanda :

– Vous prenez une nouvelle femme de chambre[1] ?

– Non. Pourquoi ?

– Je viens de voir dans votre antichambre une jeune...

Henriette l'interrompit en riant :

– Toutes ces filles de boutique ont l'air de femmes de chambre... C'est une demoiselle qui vient pour arranger un manteau. Je l'ai acheté chez M. Mouret. Je le dis devant lui. Il ne va pas du tout !

Mouret la regarda, effleuré d'un soupçon. Mais il pensait qu'elle n'aurait pas osé...

– C'est donc une confection, dit l'autre amie. Maintenant je reconnais la vendeuse. Je me demandais où j'avais vu ce visage. Allez-y, ma chère, ne vous gênez pas avec nous !

– Tout à l'heure. Rien ne presse.

On annonçait le baron Hartmann. Il salua les dames :

– Il y a une bien charmante jeune fille dans l'antichambre. Qui est-ce ?

– Personne, dit Mme Desforges avec mépris. Une demoiselle de magasin qui attend.

Le domestique servait le thé. La porte restait entrouverte. Dans l'antichambre, Denise se tenait debout, immobile et patiente.

---

1. Femme de chambre : domestique attachée spécialement au service d'une dame.

– Est-ce une de vos vendeuses ? demanda le baron Hartmann à Mouret.

Il avait deviné, tenta de cacher son trouble :

– Sans doute mais je ne sais pas laquelle.

– C'est la petite blonde des confections, celle qui est seconde, dit une des dames.

Henriette regardait Mouret.

– Ah ! dit-il simplement.

Et il parla des fêtes données au roi de Prusse depuis la veille à Paris. Mais le baron, avec malice, revint au sujet des demoiselles de magasin. Étaient-elles sages ? Comment vivaient-elles ?

– Laissez-donc, dit Henriette. Toutes à vendre ! Comme leurs marchandises.

Mouret se tut. Henriette s'excusa auprès de ses invités et quitta le salon. Le baron emmena Mouret pour discuter affaires. En même temps il l'observait. Il était au courant de tout : et de ces filles qui le ruinaient et de cette Denise qu'il avait vue dans l'antichambre. Il devinait le drame avec Henriette.

– Je crois qu'elles se vengent enfin, dit-il en souriant.

– Qui ? demanda Mouret embarrassé.

– Mais les femmes...

– Je ne comprends pas.

– Vous comprenez très bien. Vous les exploitez dans votre magasin. À leur tour elles vous exploitent !

– Oh, fit Mouret en affectant de rire, l'argent est fait pour être dépensé.

– Ça je vous approuve, dit le baron. L'argent n'est rien, mais il y a des souffrances...

Il s'arrêta, son sourire devint triste. Il y passait d'anciennes peines.

– Souffrir n'est pas ma spécialité, dit Mouret avec bravade [1]. C'est suffisant de payer.

---

1. Bravade : défi.

Le baron dit lentement :

– Ne vous faites pas plus mauvais que vous n'êtes. Cette fois vous y laisserez autre chose que votre argent, mon ami.

Ils étaient dans un petit salon attenant à la chambre d'Henriette. Celle-ci entrouvrit la porte et appela :

– Monsieur Mouret ! Je vous enlève au baron, une minute. Puisque vous m'avez vendu un manteau affreux, venez à mon secours ! Cette fille est une sotte qui n'a pas d'idées !

– Allez donc, mon cher, dit le baron moqueur. On vous attend !

Il suivit Henriette. À sa vue, les mains de Denise tremblèrent un peu.

– Je veux qu'il juge, dit Henriette. Aidez-moi à remettre ce manteau. Denise obéit. Henriette se tournait et se retournait devant la glace :

– Parlez franchement !

– Ce manteau ne va pas, en effet, dit Mouret pour couper court. Mademoiselle va prendre vos mesures et nous vous en ferons un autre.

– Non. Je veux celui-ci. J'en ai besoin tout de suite ! Eh bien, mademoiselle, mettez des épingles. Corrigez les défauts.

Denise posa des épingles. Mme Desforges lui donnait des ordres d'une voix sèche, brève. Deux fois, Mouret tenta d'intervenir pour faire cesser cette scène. Il aimait davantage encore Denise pour le calme avec lequel elle acceptait d'être humiliée. Il aurait aimé battre Henriette, dire ici même, devant elle, à Denise, qu'il l'adorait, qu'elle seule existait à ses yeux. À la fin, Denise dit :

– Voilà, madame. Je ne puis rien faire d'autre.

– Vous plaisantez, mademoiselle. Il va plus mal qu'avant. Il me serre de partout ! De quoi ai-je l'air ?

– Madame est un peu forte, dit Denise. Je ne peux pas faire que madame soit moins forte.

Henriette, qui avait beaucoup grossi ces derniers mois, en était désolée et s'efforçait de le dissimuler. Elle dit avec colère :

– Quelle insolence ! Je m'étonne que M. Mouret le supporte !

Elle retira violemment le manteau. Denise lança sur la table les épingles qui lui restaient aux mains. Mouret avait horreur de ces explications entre femmes ; il cherchait une phrase pour en finir. Dans sa colère, Henriette cria :

– C'est bien, monsieur, s'il faut que je supporte chez moi les insolences de vos maîtresses ! Une fille ramassée dans la rue !

Denise se détourna pour cacher ses larmes. Mouret lui prit les mains, dit avec une immense tendresse :

– Partez vite, mon enfant, oubliez cette maison. Ne pleurez plus, je vous en prie. Vous savez quelle estime[1] j'ai pour vous.

Il l'accompagna jusqu'à la porte qu'il referma. Henriette souffrait dans son amour et dans son orgueil.

– Alors, c'est cette fille que vous aimez ?

– Oui.

Henriette se mit à sangloter :

– Que je suis malheureuse !

Il la regarda quelques secondes, immobile. Puis il s'en alla et rentra dans le grand salon.

– Comment va ce manteau ? demanda le baron.

– J'y renonce, dit Mouret en essayant de cacher son trouble. Et il fit signe à Bouthemont.

Ils allèrent s'asseoir un peu à l'écart.

– Alors, demanda Bouthemont inquiet, qu'a décidé le conseil d'administration ? On me chasse ?

– Hélas, oui, mon pauvre ami. J'ai bataillé une

---

1. Avoir de l'estime : apprécier, reconnaître les qualités.

heure avec ces messieurs pour vous sauver. Rien à faire. J'ai quitté la salle hors de moi !

Bouthemont, très pâle, écoutait. La vérité était que Mouret n'avait rien tenté. Il imposait toujours sa volonté aux administrateurs.

– Voilà un manteau terrible, dit une des dames. Henriette n'en sort pas !

Son absence commençait à gêner tout le monde. Elle parut enfin, calme, souriante. Seul le baron, qui la connaissait bien, remarqua la contraction de sa bouche et le regard qu'elle jeta à Mouret.

Bouthemont vint dire tout bas à Henriette :

– Vous savez qu'il me met à la porte. Oh, très gentiment ! Il s'en repentira. Je viens de trouver mon enseigne, « Aux Quatre Saisons », et je m'installe près de l'Opéra.

– Comptez sur mon aide. Attendez.

Elle attira le baron Hartmann près d'une fenêtre. Sans attendre elle lui recommanda Bouthemont comme elle l'avait fait pour Mouret. Dans les mêmes termes : un garçon de génie qui révolutionnerait Paris... Le baron ne refusa pas nettement. L'idée d'une maison concurrente du Bonheur des Dames lui plaisait assez. Et l'aventure l'amusait. Il promit d'examiner l'affaire à sa banque.

– Revenez ce soir vers neuf heures, murmura Henriette à l'oreille de Bouthemont. Il faut que nous causions. Le baron est à nous.

Mouret était encore dans le grand salon. Debout au milieu des dames, il avait retrouvé son entrain, se défendait gaiement de les ruiner en chiffons. Il tentait de leur démontrer, chiffres en main, qu'il leur faisait faire des économies.

Le baron Hartmann le regardait avec une admiration affectueuse. Diable d'homme ! Le duel était fini. Henriette était vaincue. Ce ne serait pas elle qui vengerait les autres femmes. Et il revit le profil pur et les cheveux blonds de la jeune fille qu'il avait aperçue en traversant l'antichambre. Patiente. Seule. Redoutable dans sa douceur.

C
hapitre X

Bourdoncle continuait à détester Denise. Il la détestait pour sa douceur et son charme. Il craignait que son influence sur Mouret soit mauvaise pour le commerce et le magasin. Ce qu'on avait gagné par les femmes s'en irait par cette femme !

En homme sans passion il les méprisait toutes. Ce qui l'inquiétait surtout devant cette petite vendeuse devenue si redoutable, c'était qu'il ne croyait pas son refus sincère. Pour lui, elle jouait la comédie. Habilement. Car si elle s'était donnée à Mouret le premier jour, il l'aurait oubliée le lendemain ! En se refusant elle le rendait capable de toutes les sottises !

Il cherchait comment déjouer la tactique [1] de cette fausse ingénue [2]. Il espérait la surprendre avec un de ses amants, Hutin ou cet imbécile de Deloche. Alors elle serait chassée et la maison retrouverait son allure de machine bien huilée. Il répétait à l'inspecteur Jouve :

– Veillez ! Je vous récompenserai !

– Je veille. Mais je ne découvre rien !

Pendant ce temps, Mouret vivait dans l'angoisse. Il revoyait Denise arrivant au Bonheur des Dames avec ses gros souliers, sa pauvre robe noire, son air timide. Peut-être l'aimait-il déjà à cette époque où il croyait n'avoir pour elle que de la pitié ?

Il se révoltait parfois : qu'avait-elle pour le lier ainsi ? Elle n'était pas une de ces créatures super-

---

1. Tactique : plan.
2. Fausse ingénue : qui fait semblant d'être innocente.

bes qui font se retourner les foules. Une petite fille simple, gaie et courageuse. De sa douceur naissait un charme qui agissait lentement. Comment lui résister lorsqu'elle souriait ? Tout souriait alors dans son visage.

Et elle était intelligente. Ses idées en matière de commerce étonnaient Mouret. D'où lui venaient-elles ? Une si jeune fille qui semblait sans expérience ! Elle raisonnait si bien qu'il l'écoutait et il était intéressé. Une fois déjà, au jardin des Tuileries, il avait été frappé de ce qu'elle disait sur le commerce, le progrès. Sur ce sujet ils étaient d'accord. Ils se comprenaient. Et même ils se complétaient. Il s'avouait vaincu. Mais pourquoi se refusait-elle ? Vingt fois, il l'avait suppliée, offrant de l'argent, beaucoup d'argent, il lui promettait de la nommer première. Elle refusait tout.

Et il souffrait, lui qui avait bâti cette machine géante, qui régnait sur trois mille employés, inspecteurs, caissiers, cuisiniers. Il souffrait l'enfer parce qu'une petite fille ne voulait pas de lui !

À quoi bon le pouvoir et l'argent si c'était non, toujours non ! Il devint jaloux. Un matin, Bourdoncle osa lui dire :

– Cette fille se moque de vous. Elle a des amants, ici même. Hutin et un vendeur aux dentelles, un grand garçon bête, Deloche. Je n'affirme rien je ne les ai pas vus. Mais il paraît que ça crève les yeux !

Il y eut un silence. Mouret dit sans lever la tête :

– Il faudrait des preuves. Non pour moi. Je m'en moque ! Elle a fini par m'agacer. Mais je ne peux tolérer pareille conduite ici !

– Vous en aurez, dit Bourdoncle. Je veille.

Mouret vécut alors dans une angoisse pire encore. Il devint terrible. Il pensa d'abord chasser Hutin et Deloche. Puis il réfléchit que s'il ne les gardait pas, il ne saurait jamais la vérité.

Un matin, Mouret traversait le rayon de la soie. Il vit un vendeur changer les étiquettes.

– Pourquoi baissez-vous les prix ? demanda-t-il. Qui vous en a donné l'ordre ?

– Le chef du rayon, M. Hutin.

Mouret l'appela et se mit en colère :

– Moi seul décide des prix ! Entendez-vous, monsieur ?

Et il continua sur un ton blessant devant tous les vendeurs du rayon, exagérant la faute.

– Mais monsieur, répétait Hutin, je comptais vous parler de cette baisse. Elle est nécessaire, vous le savez, les velours se sont mal vendus.

Mouret coupa durement :

– J'examinerai l'affaire, monsieur. Et ne recommencez pas si vous tenez à rester dans la maison !

Il tourna le dos. Hutin, déconcerté et furieux, murmura :

– Est-ce ma faute si cette fille des confections le ridiculise ? Le coup vient de là. Elle aura de mes nouvelles !

Deux jours plus tard, il monta à l'atelier* de confection en haut du magasin, sous les toits, pour donner un travail à une ouvrière. Il vit Denise et Deloche qui parlaient au bout d'un couloir, près d'une fenêtre. Deloche pleurait.

Ils n'avaient pas entendu Hutin qui repartit sans bruit. C'était le moment de les faire surprendre !

Il trouva Bourdoncle et l'inspecteur Jouve dans l'escalier. Il leur conta une histoire d'extincteur à incendie [1] en mauvais état et leur indiqua l'endroit où il avait vu Denise et Deloche.

Les deux hommes s'y rendirent. Bourdoncle les découvrit le premier et ordonna à Jouve d'aller chercher Mouret. Lui resterait là. Jouve obéit,

---

1. Extincteur à incendie : instrument pour éteindre le feu.

mécontent d'être mêlé à cette affaire où il risquait d'être compromis.

Denise et Deloche parlaient de Valognes. Tous deux étaient nés là-bas. Ils évoquaient leur enfance, les prés entourés de haies d'aubépines [1], l'eau des rivières, les chemins creux et le gris délicat du ciel là-bas, en Normandie. Ils rêvaient tout haut au vent de la mer passant sur les herbes...

– Mon Dieu, finit par dire Deloche, les larmes aux yeux, nous nous entendons si bien ensemble. Et je vous aime tant.

– Vous n'êtes pas raisonnable. Vous m'aviez promis de ne plus parler de cela. Vous êtes un brave garçon et j'ai de l'amitié pour vous, mais je veux rester libre.

– Je sais. Pardonnez-moi. Je ne vous ennuierai plus. Je connais mon lot dans l'existence. Battu partout et toujours.

Il avait pris la main de Denise ; il avait un visage si désespéré qu'elle ne la retira pas.

– Tâchez d'être heureuse. Aimez-en un autre s'il le faut. Si vous êtes heureuse, je serai heureux. Ce sera ma part de bonheur.

Il posa ses lèvres sur la main de Denise. Elle était émue et dit avec affection :

– Mon pauvre garçon !

Soudain ils se retournèrent à un bruit de pas. Mouret était devant eux.

Bourdoncle et Jouve, prudemment, disparurent. Deloche s'enfuit. Denise resta seule face à Mouret.

– Veuillez me suivre, dit-il d'une voix dure.

Elle le suivit. Ils descendirent deux étages, traversèrent le rayon des meubles et des tapis sans dire un mot. Arrivé devant son bureau, il ouvrit la porte :

– Entrez !

---

1. Aubépines : fleurs du printemps, blanches et parfumées.

Il referma la porte. Il avait un nouveau bureau plus luxueux que l'ancien. Mais sur les murs on ne voyait toujours que le portrait de sa femme. Son beau visage calme souriait dans son cadre d'or.

C'était ce portrait que Denise regardait. Il lui semblait que cette dame la protégeait. Elle n'avait plus peur de ce qu'on disait de sa mort.

Mouret s'efforçait de rester calme et sévère :

– Il y a des choses que je ne peux tolérer. La bonne conduite est une règle dans ma maison.

– Je sais, monsieur. Je n'aurais pas dû parler avec ce garçon pendant les heures de travail. Mais il est de mon pays.

– Je le chasse ! cria Mouret.

Et il commença à accuser Denise, lui reprocha Hutin et ses amants.

– Oui, vos amants ! On me le disait et j'étais assez bête pour en douter ! Il n'y avait que moi... que moi !

Suffoquée, étourdie, Denise écoutait ces affreux reproches. À un mot plus dur, elle se dirigea vers la porte, en silence. Il voulut l'arrêter.

– Je m'en vais, monsieur. Si vous croyez ce que vous dites, je ne veux pas rester une seconde de plus dans la maison.

– Défendez-vous au moins ! Dites quelque chose !

Elle se taisait.

– Voyons, vous dites qu'il est de votre pays. Vous vous êtes peut-être rencontrés là-bas. Jurez-moi qu'il ne s'est rien passé entre vous.

Elle s'obstinait dans son silence. Il dit alors :

– Prenez-vous plaisir à me faire souffrir ? Je vous aime ! Vous seule comptez désormais. On vous a dit que j'avais des maîtresses, je n'en ai plus. Ne vous ai-je pas préférée à Mme Desforges ? N'ai-je pas rompu pour être à vous seule ? Si vous craignez que je retourne chez elle, vous pouvez être tranquille. Elle se venge en aidant un de mes anciens commis à fonder une maison rivale ! Que faut-il que je fasse ?

Elle ne pouvait plus cacher son trouble devant sa douleur :

– Vous avez tort, dit-elle doucement. Ces histoires sont des mensonges. Ce pauvre garçon de tout à l'heure est aussi peu coupable que moi.

Elle le regardait de ses yeux clairs.

– Je vous crois, murmura-t-il. Mais pourquoi me repoussez-vous si vous n'aimez personne ?

Elle devint très rouge.

– Vous aimez quelqu'un ?

Elle ne voulait pas mentir ni pourtant lui dire...

– Oui, dit-elle très bas. Je vous en prie, laissez-moi. À son tour elle souffrait. En le voyant si ému, si malheureux, elle ne savait plus pourquoi elle se refusait. C'était par instinct de bonheur qu'elle s'entêtait, par besoin de vie tranquille, non pour obéir à l'idée de la vertu. L'amant lui faisait peur. Et l'inconnu du lendemain.

Mouret eut un geste découragé :

– Je ne puis vous garder malgré vous.

– Mais je ne demande pas à m'en aller. Si vous me croyez honnête je reste ! On doit toujours croire les femmes honnêtes, monsieur. Il y en a beaucoup qui le sont, je vous assure.

Elle regardait le portrait de Mme Hédouin. Mouret tressaillit car il avait cru entendre sa femme morte prononcer la phrase. Une phrase à elle qu'il reconnaissait. Il en resta plus triste encore.

– Je vous appartiens, dit-il. Faites de moi ce qu'il vous plaira.

Elle sourit enfin :

– L'avis d'une femme, si humble soit-elle, est toujours utile à écouter. Je ne ferai de vous qu'un honnête homme !

Il eut à son tour un faible sourire et la reconduisit à la porte de son bureau comme une dame.

Le lendemain, il la nomma première en créant spécialement pour elle un rayon de robes et costumes pour enfants.

Mme Aurélie avait eu peur de voir Denise prendre sa place. Lorsqu'elle la vit passer aux costumes pour enfants, elle lui manifesta les sentiments les plus affectueux. Elle était comme une reine mère face à une jeune reine.

Denise avait désormais atteint le sommet. Elle restait paisible et simple. Les marques de considération et les témoignages d'amitié lui semblaient bons après la misère de ses débuts. Elle y voyait la récompense de son long courage.

La seule qu'elle n'aimait pas était Clara. Elle ne pouvait lui pardonner d'avoir mené un soir Colomban chez elle. Le commis, pris par sa passion, désertait le Vieil Elbœuf au moment où Geneviève agonisait [1]. La souffrance de sa cousine était un grand chagrin pour Denise.

Elle parvenait à avoir avec Mouret de longues conversations amicales. Il l'écoutait volontiers en plaisantant un peu. Mais il finissait par faire les réformes qu'elle souhaitait. Le sort des vendeurs devenait meilleur. Aux mortes-saisons, les renvois étaient remplacés par un système de congés. On avait créé une caisse de secours mutuel [2] pour les mettre à l'abri du chômage et leur assurer une retraite.

Il y eut un ensemble de musique et un grand concert dont les journaux parlèrent. Toute vendeuse mariée qui devenait enceinte était confiée aux soins d'une sage-femme [3].

---

1. Agonisait : était en train de mourir.
2. Secours mutuel : c'est le début des assurances sociales. Les patrons et les employés s'associent pour mettre de l'argent en commun, mutuellement.
3. Sage-femme : qui aide le médecin accoucheur à mettre au monde les enfants.

Denise devint populaire. On savait que tout cela, on le lui devait. On l'admirait pour la force de sa volonté. Car plus personne ne doutait que sa toute-puissance venait de ce qu'elle n'avait pas cédé à Mouret. Elle était donc venue celle qui faisait respecter les pauvres gens. Elle les vengeait tous.

Lorsqu'elle traversait les comptoirs, les vendeurs lui souriaient. Ils étaient fiers d'elle. Denise, alors, se revoyait arrivant dans sa pauvre robe, effarée, perdue. Elle avait eu la sensation de n'être rien, le grain que broie la meule. À présent, elle pouvait d'un mot faire ou défaire un destin. Elle en éprouvait parfois une surprise inquiète. Comment cela s'était-il fait ?

De son côté, Mouret sentait la vanité de sa fortune. À quoi servait-elle s'il ne pouvait être aimé de Denise ? Que voulait-elle ? Il n'osait plus lui offrir d'argent. L'idée confuse d'un mariage lui venait.

*C*hapitre XI

Un lundi matin, Colomban ne rentra pas au Vieil Elbœuf. Baudu reçut une lettre de lui. Il partait. On voulut y voir le résultat de sa passion pour Clara. C'était plutôt le calcul rusé d'un garçon ravi d'échapper à un mariage désastreux : la maison de commerce se portait aussi mal que Geneviève. L'heure était venue de rompre.

Baudu en demeura anéanti. Il avait élevé Colomban comme son fils, et celui-ci le quittait. La boutique de ses ancêtres ne lui appartenait plus. Il n'y avait plus de clients. Le salpêtre [1] des murs envahissait les marchandises.

---

1. Salpêtre : traces de moisissures dues à l'humidité, qui se forment sur les vieux murs.

Geneviève mourut peu de temps après. Elle avait voulu revoir Denise, une dernière fois se confier à elle, parler de Colomban. C'était d'une affreuse tristesse.

On l'enterra par un temps noir. Le vieux quartier suait d'humidité, sentait l'odeur moisie de cave. Tout le petit commerce était venu. Par sympathie pour les Baudu. Mais aussi pour manifester contre le Bonheur des Dames dont ils étaient tous victimes.

Denise retrouva Bourras. Le vieux marchand de parapluies s'obstinait à rester dans sa maison. Mais il avait abandonné la boutique. Il n'y avait plus d'étalage, et seuls quelques parapluies abandonnés dans un coin témoignaient du passé.

Denise n'avait pas voulu que Pépé, son plus jeune frère, assiste à l'enterrement. Mais Jean était là. C'était un homme à présent. Il gagnait vingt francs par jour et il était une nouvelle fois amoureux ! Mais celle-là, il voulait l'épouser ! C'était la nièce d'un grand pâtissier. Denise ne savait trop que lui conseiller.

Elle revit aussi Robineau, très pâle, l'air vieilli. Ses affaires allaient de plus en plus mal et la faillite approchait.

Les hommes suivaient à pied le corbillard [1]. Les femmes étaient montées dans des voitures. Bourras s'installa près de Denise. Il était trop vieux pour marcher. Déjà l'oncle Baudu avait de la peine à suivre. Son neveu Jean le soutenait.

– Un beau cortège de fantômes ! disait le vieux Bourras à Denise. Ça ne tient plus debout ! Tous comme moi, les jambes cassées ! Quels nouveaux rayons va-t-il encore créer ? Les fleurs, la parfumerie, la cordonnerie... Oui, ma chère enfant,

---

1. Corbillard : voiture qui sert à transporter un mort au cimetière.

pourquoi pas des pommes de terre frites ! La terre se détraque [1] ! Moi, j'ai mon compte [2]. Je lui barre encore la route tout de même. À genoux devant son argent, moi, jamais !

Il était dans la misère et Denise le savait. Elle en avait beaucoup de peine ; elle dit doucement :

– Monsieur Bourras, ne faites pas le méchant davantage. Laissez-moi arranger les choses !

Il l'interrompit d'un geste violent :

– Vous êtes une bonne petite fille. Je sais que vous lui rendez la vie dure à cet homme qui vous croyait à vendre comme ma maison. Mais que répondriez-vous si je vous conseillais de dire oui ? Vous m'enverriez promener ? Eh bien quand je dis non ne mettez pas votre nez là-dedans !

Quand on fut au cimetière, il dit simplement :

– Nous devrions tous nous mettre dans ce trou ! Cette petite, c'est le quartier qu'on enterre.

La fin de la journée fut d'une tristesse plus grande encore. La boutique était fermée. L'oncle et la tante se tenaient au fond de la petite salle, face à face, dans une demi-obscurité. Ils ne pleuraient même pas. Désespérés. Seuls.

Denise les quitta en refoulant ses larmes.

Ce même soir Mouret la fit demander au sujet d'un nouveau vêtement d'enfant dont il avait eu l'idée. Révoltée par toutes les souffrances qu'elle avait rencontrées à l'enterrement, elle osa en parler à Mouret. Et d'abord de Bourras. Il l'appelait «le vieux toqué» et voulait à tout prix faire abattre sa maison, déjà un tas de ruines, un cauchemar au flanc tout neuf du Bonheur des Dames. Il lui avait proposé jusqu'à cent mille francs ! Il s'emporta. Elle n'avait à lui opposer que des raisons de senti-

---

1. Se détraque : marche mal.
2. Avoir son compte : être détruit, fini.

ment. Il était si vieux, Bourras. On aurait pu attendre sa mort. Elle se tut.

Mouret lui-même parla alors des Baudu. De très bonnes gens, très honnêtes, mais qui avaient voulu leur malheur. Il ne fallait pas s'entêter dans l'ancien commerce. Denise elle-même le reconnaissait. Même s'il avait eu la folie de fermer le Bonheur des Dames, les petites boutiques n'auraient pas été sauvées. Un autre grand magasin se serait ouvert. Non, il n'avait aucun remords. Ils étaient le passé, lui, l'avenir.

Denise le savait bien, elle qui aimait la vie, qui avait la passion des affaires menées large, au plein jour de la publicité. Et elle écouta longtemps Mouret. Puis elle se retira, l'âme pleine de trouble.

Elle ne dormit guère cette nuit-là. Elle se revoyait enfant dans le jardin de Valognes, pleurant parce que les oiseaux mangeaient les araignées qui elles-mêmes mangeaient les mouches... Cette nécessité de la mort des uns faisant vivre les autres...

Elle eut un cauchemar : la maison de Bourras s'effondrait comme minée par les eaux. Puis une autre et encore une autre. Toutes les maisons du quartier s'écroulaient. La peur l'éveilla. Elle se mit à penser à toutes ces familles qui pleuraient, aux vieillards jetés à la rue, à ces drames de la ruine. Et elle ne pouvait sauver personne.

Avait-elle une âme mauvaise ? Avait-elle travaillé au meurtre de sa famille ?

Avec le jour, elle se calma. Une tristesse résignée lui vint : toute révolution voulait des martyrs, chaque génération naissait dans la douleur.

Et elle pensait à Mouret, à son caractère passionné, à ses yeux caressants. Elle essayait de le juger. Elle savait qu'il avait réussi grâce aux femmes, la sienne, puis à des maîtresses prises pour augmenter sa puissance, ainsi Mme Desforges pour

Avait-elle une âme mauvaise ? Avait-elle travaillé au meurtre de sa famille ?

avoir le baron Hartmann. Et du plaisir acheté, payé, rejeté au trottoir...

Oui, mais il avait du génie, et il était si séduisant. Ses mensonges d'autrefois, sa comédie galante, il les payaient à présent. Il souffrait par elle, et aux yeux de Denise cette souffrance effaçait le passé et grandissait Mouret.

Les semaines passèrent. Elle allait voir son oncle presque tous les après-midi, quelques minutes, pour tenter d'égayer un peu la sombre boutique. Sa tante l'inquiétait. Depuis la mort de Geneviève, elle était inerte. Sa vie s'en allait peu à peu.

Un jour, Denise sortait de chez eux lorsqu'elle entendit un grand cri. La foule se précipitait près d'un omnibus — une des voitures faisant le trajet de la Bastille aux Batignolles. Le cocher retenait à grand peine les chevaux. Un homme était étendu par terre.

– Il s'est jeté sous mes roues, criait le cocher. C'est un fou ! Il voulait se suicider !

Denise s'approcha. Elle reconnut le malheureux, évanoui dans la boue :

– Monsieur Robineau ! cria-t-elle.

Le sergent de ville l'interrogea. Elle donna le nom, la profession, l'adresse. Quatre hommes transportèrent le blessé chez un pharmacien. Denise avait suivi. Le pharmacien dit qu'il n'y avait aucun danger immédiat à porter le blessé à son domicile où il verrait son médecin. Les jambes seules étaient touchées. Un homme alla au poste de police demander un brancard[1].

Denise partit pour prévenir Mme Robineau. Elle était dans le magasin. Toujours charmante, délicate et gaie. Mais une grossesse assez avancée la fatiguait. Et elle était plus dépaysée que jamais dans cette boutique qui lentement sombrait.

– J'ai vu passer votre mari sur la place, dit Denise.

– Je l'attends. Il devrait être ici. Je suis inquiète pour lui. Nos affaires marchent mal, vous savez. À quoi bon le cacher. Il n'en dort plus !

Denise aperçut au-dehors le brancard et se hâta de murmurer :

– Oui, j'ai vu M. Robineau. Il lui est arrivé un accident. Ne vous inquiétez pas. On l'amène ici. Il n'est pas en danger.

Mme Robineau se précipita vers le brancard que deux hommes portaient dans la boutique. Robineau avait repris connaissance. Il souffrait beaucoup. À la vue de sa femme, il murmura :

– Pardonne-moi. J'ai été fou. J'ai voulu mourir.

---

1. Brancard : qui sert à transporter un blessé ou un malade.

Denise, pour empêcher la foule d'entrer, avait baissé le rideau métallique.

Mme Robineau lui dit :

– C'est pour moi qu'il a voulu mourir. Il me disait : « Je t'ai volée, l'argent était à toi ! » La nuit, il rêvait de ces soixante mille francs, se traitait d'incapable... Me voyait dans la rue, mendiant, moi qu'il aurait voulu voir riche et heureuse...

Puis elle saisit les mains de son mari :

– Mon chéri, mon chéri, pourquoi as-tu fait ça ? Ça m'est égal d'être ruinée si nous sommes ensemble.

Le médecin arrivait. Il fut rassurant. Seule la jambe gauche était cassée au-dessus de la cheville.

On porta le brancard dans la chambre et Denise partit. Mme Robineau lui avait paru presque heureuse d'être enfin débarrassée du souci des affaires. Robineau était jeune. Il trouverait un emploi ailleurs.

En janvier, Mme Baudu mourut. Une nouvelle fois tout le petit commerce ruiné du quartier défila. C'était la fin. L'oncle Baudu avait mis en vente sa boutique. Personne ne voulait l'acheter. Quant au vieux Bourras, il avait fini par perdre le dernier procès intenté au Bonheur des Dames. Il était expulsé [1] mais s'accrochait encore.

Les ouvriers arrivèrent pour démolir sa masure. Tout s'effondra très vite. Denise vit tomber le plafond de son ancienne chambre et se rappela sa misère d'alors. Elle voulut soutenir le vieux Bourras qui était là, dans la rue, debout. Il regardait les murs s'écrouler.

– Monsieur Bourras, on ne vous abandonnera pas.

Il se redressa :

– Ce serait trop facile de faire la charité aux gens qu'on assassine !

---

1. Expulsé : jeté dehors.

– Je vous en prie, acceptez ! Ne me laissez pas ce chagrin.

Il secoua la tête :

– Non. C'est fini. Vivez heureuse, vous êtes jeune. Laissez les vieux partir avec leurs idées !

Il jeta un dernier regard aux décombres de sa maison et s'en alla, péniblement. Ce fut tout.

Chapitre XII

L'aventure des amours du patron et de Denise, qui occupait les commis depuis des mois, aboutit soudain à une crise : on apprit que la jeune fille quittait le Bonheur des Dames malgré les supplications de Mouret. Elle disait avoir besoin de repos.

Partirait-elle ? Ne partirait-elle pas ? De rayon à rayon on pariait. Tous pensaient que cette petite vendeuse avait mené l'affaire avec habileté et donnait le choix à Mouret : épousez-moi ou je m'en vais !

C'étaient ces jugements portés sur sa conduite qui poussaient Denise à partir. Ni exigence ni calcul. Elle ne pouvait plus vivre si près de Mouret, luttant sans cesse pour ne pas céder. Le quitter était très pénible, mais elle estimait qu'il le fallait. Même l'épouser, en supposant qu'il le lui demande, serait une folie qu'elle écartait.

Mouret avait reçu sa démission en silence. Puis il lui demanda de rester encore une semaine et de réfléchir, avant de commettre pareille sottise. Elle accepta.

La semaine s'achevait. C'était le jour de la grande exposition de blanc. La foule habituelle emplissait les magasins devenus immenses. Même Mme Desforges était venue, entourée de ses amies. Elles l'interrogeaient sur le malheur arrivé au magasin rival Aux

Quatre Saisons. Il venait de brûler. Elle répondait en riant qu'on le reconstruirait. Mais elle songeait avec amertume que Mouret avait toujours toutes les chances ! Et elle refusa sèchement le bouquet de violettes blanches offert à chaque cliente pour un achat.

Autour d'elle, il n'y avait que du blanc. Rien que du blanc, et jamais le même blanc, tous les blancs, des soies, des mousselines [1], des dentelles, des nappes [2] et des toiles. Le triomphe du blanc et celui de Mouret que Mme Desforges regardait avec une envie jalouse.

Amer triomphe ! Jamais Mouret n'avait été plus malheureux. Pourquoi Denise partirait-elle ? Il ne croyait pas au désir de repos. Alors ? Ne lui avait-elle pas avoué, un soir, qu'elle aimait quelqu'un ? C'était lui qu'elle allait rejoindre et peut-être épouser ! Il imaginait mille façons folles de l'en empêcher, de la retenir. Et l'idée grandissait : c'était lui, Mouret, non pas l'autre, qu'elle épouserait !

Après la mort de sa femme, il avait juré de ne pas se remarier. Il pensait que le directeur d'une grande maison de nouveautés devait être célibataire. Pour garder son influence d'homme sur ses clientes. Il hésitait encore.

D'ailleurs, si elle aimait quelqu'un, elle refuserait sa proposition de mariage. Ce serait de nouveau non... Dans ces moments-là une colère le prenait. Il rêvait de la briser. Puis il pleurait.

Bourdoncle commençait à être vraiment inquiet, et le matin de la grande exposition de blanc il lui dit :

– Épousez-la et que cela finisse !

Mouret le regarda, vit comme un espoir dans les yeux de Bourdoncle. Il dit avec violence :

---

1. Mousselines : tissus très légers.
2. Nappes : pièces d'étoffe qu'on met sur une table pour les repas.

– Les dents vous poussent ! C'est moi que vous espérez voir fini ! Ruiné par un mariage que vous jugez stupide ! Ne mentez pas !

Bourdoncle, blême, protesta :

– Moi qui vous admire tant...

– En espérant ma chute ! Mais je vous préviens, si je l'épouse et que vous bougiez, je vous mets dehors ! Vous passerez à la caisse comme un autre, Bourdoncle.

Bourdoncle s'en alla. Il se sentit condamné, vaincu par cette fille qu'il détestait. Mais il savait qu'il n'oserait plus protester.

La vente continuait dans les magasins. Au rayon de la confection pour enfants, Denise aidait les vendeuses tant il y avait de clients.

Elle aperçut soudain son frère Jean. Il était marié depuis peu avec la jeune pâtissière et il venait faire pour elle quelques achats [1]. Denise lui avait donné la moitié de ses économies pour qu'il s'installe, et elle avait placé Pépé dans un pensionnat connu. Le bonheur de ses frères devenait son seul souci.

Elle sourit à Jean, l'accompagna au rayon des confections pour dames. Mme Aurélie se précipita et, baissant la voix :

– On dit que vous nous quittez ? Ce n'est pas possible !

– Mais si, répondit la jeune fille.

– Je vous en prie, réfléchissez ! Nous sommes tous désolés de votre départ !

Et elle plus qu'une autre, songeait Denise. Bourdoncle la trouvait trop vieille pour diriger le rayon et voulait que Mouret la renvoie. Mme Aurélie le savait et comptait sur la protection de son ancienne vendeuse. Les rôles étaient bien inversés !

Un peu plus loin, ce fut Pauline qui accourut :

---

1. Faire des achats : acheter.

– Vous nous restez, j'ai parié ma tête ! Que deviendrais-je moi ! À présent que j'ai un bébé, il faut que vous me nommiez seconde ! Baugé y compte, ma chère !

Elle riait. Denise rit à son tour :

– Entendu ! Vous serez seconde !

Et elle s'en alla suivie de Jean. Ils croisèrent Mouret. Il salua Jean :

– C'est votre frère, n'est-ce pas ? Celui qui s'est marié récemment ? Il vous ressemble.

– Oh, s'écria-t-elle, il est plus beau que moi !

Il fit quelques pas puis revint lui dire tout bas :

– Montez à mon bureau après la vente. Je veux vous parler avant votre départ.

Cette fois sa décision était prise : il l'épouserait !

D'un pas machinal il suivit les galeries, tout ce peuple de femmes qui achetaient dans la bousculade, la fièvre. Il appuya son front à une des immenses vitres qui dominaient la rue. Le soleil se couchait, illuminant les grandes lettres d'or de l'enseigne Au Bonheur des Dames. Il eut un frisson de triomphe. Il ne craignait plus de perdre sa puissance s'il épousait Denise. Il trouvait même du plaisir à être, pour une fois et par elle, vaincu. Il rentra dans son bureau. La nuit tombait. Les magasins se vidaient des clientes. Les caissiers faisaient les comptes. La recette de la journée s'annonçait énorme.

Il fallut trois hommes pour porter les sacs de pièces et de billets dans le bureau de Mouret, tandis que le premier caissier annonçait :

– Un million deux cent quarante-sept francs !

Un million en un jour, le chiffre dont Mouret avait longtemps rêvé ! Pourtant il eut un geste agacé. Ce n'était pas le caissier qu'il attendait avec une impatience grandissante. C'était Denise.

Elle vint enfin, aperçut le million sur le bureau. Cet argent étalé la blessait. Sur le mur le portrait de la femme de Mouret gardait l'éternel sourire de ses lèvres peintes.

– Vous êtes toujours décidée à partir ?

– Oui, monsieur. Il le faut.

Alors il lui prit les mains :

– Et si je vous épousais, Denise, partiriez-vous ?

– Je vous en prie, taisez-vous ! Je m'en allais pour éviter cela, les commérages [1] de la maison. Et puis cette sottise. Ce serait une sottise. Et mes frères ?

– Ils seront aussi les miens. Dites oui, Denise !

– Non. Laissez-moi partir. Il le faut.

Ce dernier obstacle le rendait fou. Il entendait au loin le bruit que faisaient ses trois mille employés. Il regardait sur le bureau ce million imbécile qui ne servait à rien puisqu'elle disait non !

– Partez donc, cria-t-il avec une violence désespérée. Allez retrouver celui que vous aimez ! C'est la raison, n'est-ce pas ? Vous m'aviez prévenu. Je devrais le savoir !

Denise ne put résister plus longtemps :

– Mais c'est vous que j'aime !

Et elle se jeta contre lui. Il referma ses bras.

---

1. Commérages : conversations souvent méchantes à propos d'une personne absente.

Mots et expressions

Le commerce parisien au temps de Zola

Article, *m.* : objet que l'on achète ou que l'on vend dans le commerce.

Atelier, *m.* : lieu de travail d'un ouvrier ou d'un artisan.

Caissier, *m.* : employé qui reçoit l'argent des clients.

Calicot, *m.* : toile de coton.

Catalogue, *m.* : sorte de journal illustré montrant tous les articles en vente dans le magasin.

Commis, *m.* : employé d'un magasin.

Comptoir de bois, *m.* : table longue et étroite sur laquelle le marchand présente sa marchandise.

Confection, *f.* : se dit des vêtements qui sont faits pour différentes tailles et qu'on achète directement chez le marchand. Une nouveauté à l'époque où les femmes avaient des couturières qui faisaient les vêtements à leurs mesures ou se les cousaient elles-mêmes.

Dépliés, *m.* : vêtements montrés aux clients et qui ne sont pas encore rangés.

Devanture, *f.* : exposition de marchandises dans la vitrine d'un magasin.

Doublure, *f.* : étoffe légère placée à l'intérieur d'un vêtement.

Drapier, *m.* : marchand qui vend des étoffes.

Embaucher : donner du travail, un emploi.

Enseigne, *f.* : morceau de bois ou de métal découpé et peint portant le nom du marchand et indiquant ce qu'il vend.

Étalage, *m.* : endroit du magasin où l'on expose la marchandise.

Faillite, *f.* : quand le marchand ne peut plus payer ses dettes et qu'il doit interrompre son commerce à la suite d'un jugement du tribunal.

Flanelle, *f.* : tissu de laine.

Glissoire, *f.* : pente sur laquelle descendent les marchandises.

Inventaire, *m.* : liste des articles que possède le magasin.

Ivoirier, *m.* : artisan qui sculpte l'ivoire tiré des défenses d'éléphants.

Marchand de nouveautés : qui vend des étoffes, de la lingerie, des rubans et tout ce qui concerne la toilette des femmes.

Morte-saison, *f.* : époque de l'année où l'on vend peu.

Première ou **premier** : chef d'un rayon.

Rayon, *m.* : partie d'un grand magasin réservé à la vente d'une marchandise précise, par exemple le rayon des bijoux.

Recette, *f.* : total des sommes représentant les ventes d'une journée.

Réclame, *f.* : publicité.

Registre, *m.* : gros cahier de comptes.

Toilette, *f.* : ensemble des vêtements et des parures d'une femme.

Tour de vente : ordre selon lequel chaque vendeuse doit vendre.

Uniforme (de son rayon), *m.* : les vendeuses d'un rayon portaient toutes les mêmes vêtements, robe de soie noire pour la confection dame.

Vitrine, *f.* : partie du magasin ouverte sur la rue et protégée par une vitre où l'on présente les plus beaux articles.

Pour aller plus loin...

Le texte original est disponible dans la collection **Le Livre de Poche classique** (Hachette).

Imprimé en France par I.M.E. - 25110 Baume-les-Dames
Dépôt légal n° 2883-02/1993 - Collection n° 04 - Edition n° 01
15/4939/3